Elin Hansson

Bleistiftherz

Elin Hansson

BLEI STIFT HERZ

Aus dem Norwegischen
von Meike Blatzheim

HUMMEL
BURG

Bibliografische Information der Deutschen Nationalbibliothek:
Die Deutsche Nationalbibliothek verzeichnet diese Publikation in der Deutschen Nationalbibliografie. Detaillierte bibliografische Daten sind im Internet auf www.dnb.d-nb.de abrufbar.

MIX
Papier aus verantwortungsvollen Quellen
FSC® C111262

Die Übersetzung dieses Titels wurde finanziell unterstützt von NORLA, Norwegian Literature Abroad

1 3 5 4 2

Die Originalausgabe erschien 2019
unter dem Titel «Blyanthjerte« bei H. Aschehoug & Co.

Covergestaltung: formlabor, Hamburg

Printed in Germany
ISBN 978-3-7478-0041-6

www.hummelburg.de

Für Runar

Ein Bleistift wird aus Holz gemacht. Aber auch aus etwas Sprödem und Bröckeligem, das Kohlenstoff heißt. Eigentlich dachte ich immer, Bleistifte wären aus Blei. Aber Oma hat mir erklärt, dass sie aus Kohlenstoff sind, dem härtesten Stoff der Welt, aus dem auch Diamanten bestehen.

Daran denke ich gern, wenn ich zeichne. Dass die grauen Striche, die ich ziehe, genauso gut glitzernde Steine hätten werden können.

Kapitel 1

Es ist Dienstag mitten in den Sommerferien. Graues Wetter. Graue Wände. Graue Stimmung. Ich esse Marmorkuchen und trinke Tee. Spiele Kniffel gegen mich selbst. Und vermisse Oma. »Heb die Sechsen auf!«, hat sie immer gerufen. Automatisch sammle ich auch an diesem Morgen die Sechsen. Es ist schon meine dritte Runde Kniffel. Langsam habe ich keine Lust mehr.

»Lieber Gott«, sage ich und schaue zur Stuckrosette an der Zimmerdecke. Sie ist das Göttlichste, das unsere Wohnung zu bieten hat. »Kannst du dafür sorgen, dass heute etwas passiert? Egal, was. Lass mich meinetwegen im Lotto gewinnen oder mir das Bein brechen. Ich habe keine großen Ansprüche, ich halte es bloß nicht länger aus, in dieser Wohnung festzusitzen.«

Die Stuckrosette schweigt.

Was habe ich auch erwartet? Dass sich eine himmlische Heerschar offenbart? Ich wohne in Oslo-Gamleby. Und die Osloer Altstadt ist der letzte Ort, den Gott besuchen würde, käme er zu einer Stippvisite auf die Erde.

Ich seufze, sammle die Würfel ein und werfe sie. Noch einmal.

Dieser Sommer ist völlig anders, als ich ihn mir vorgestellt hab. Oma und ich hatten große Pläne. Wir wollten die Nordlandbahn nehmen, Inselhopping an der Helgelandküste machen, Ida in Bodø besuchen. Aber dann starb Oma. Und Ida hatte neue Freundinnen gefunden, bevor ich auch nur aus dem Zug steigen konnte. Es ist nicht so, dass ich Ferien nicht mag. Alle lieben Ferien. Aber jetzt, wo Oma tot ist und Ida weit weg …

Da gibt es nicht so viel, worüber ich mich freuen könnte.

Nach der dritten Kniffelrunde hole ich das Skizzenbuch aus meinem Zimmer. Draußen ist es zwar grau, aber es regnet nicht. Und an der Schule steht ein Baum, den ich schon lange zeichnen wollte. Eine Eiche.

Ich ziehe die weißen Ledersandalen an. Es ist schließlich Sommer, trotz allem. Aber ich nehme auch die helle Jacke mit, damit ich nicht friere. Oma hat mich immer vor Zugluft gewarnt. Jetzt kümmere ich mich sozusagen selbst darum, keine abzubekommen.

Sorgfältig schließe ich die Wohnungstür ab, bevor ich die Treppe hinunterlaufe. Wir wohnen im zweiten Stock, sodass ich ganz schön Tempo bekomme. Die Tür nach draußen zum Harald-Hårdrådes-Platz ist schwer wie ein Flusspferd und störrisch wie ein Esel. Aber nach ein bisschen Gegenstemmen bin ich endlich draußen.

Ich gehe rasch an der Bushaltestelle vorbei und durch die dunkle Unterführung, die unter den Schienen entlangführt. Vor einem Hinterhof parkt ein Müllwagen. Er scheppert wie eine alte Jazzband, jedes Mal, wenn eine Mülltonne hineingekippt wird. Ich schlüpfe vorbei und gehe weiter Richtung Schule.

Der Baum, den ich mir ausgeguckt habe, steht in einer Seitenstraße. Er ist nicht so schön wie die großen Eichen auf dem Friedhof. Aber er hat Persönlichkeit. Als ob er sagen würde: »Hier stehe ich, ganz allein. Ich brauche keine Schar anderer Eichen, um mich wohl zu fühlen. Mir geht es gut.«

Ich setze mich auf eine Stufe in der Nähe des Baums und hole meinen Bleistift hervor. Zeichnen ist eines der besten Dinge überhaupt. Wenn ich zeichne, bestimme nämlich ich. Ich zeichne meine Welt und vergesse alles andere.

Ab und zu ist es schön, sich selbst zu vergessen.

Da holt mich ein Geräusch zurück in die Wirklichkeit. Das Geräusch ist Ulrik Jansens Lachen. Ein Geräusch, schlimmer als das Kreischen einer Kreissäge. Ich schrecke auf und klappe das Buch zu. Aber ich bin zu langsam. Ulrik und die restliche Clique aus der Parallelklasse haben mich schon gesehen, und jetzt schmeißen sie ihre Skateboards auf die Straße und fahren mir entgegen.

Mein Herz rast unter der hellen Sommerjacke.

»Nein, sowas«, sagt Ulrik. »Ist das womöglich Madame Marmorkuchen, die hier herumspaziert?«

Er verstellt seine Stimme, so als würde sie einer älteren Dame gehören. Die anderen Jungs grinsen. Mein Mund wird trocken.

»Nein«, sage ich. »Ich zeichne.«

Ulrik schaut mich missmutig an. »Na klar«, sagt er. »Ich wette, du hast Tagebuch geschrieben. *Liebes Tagebuch! Heute habe ich zu meinem hundertsten Geburtstag hundert Marmorkuchen gebacken. Ich werde sie mit meinen Freundinnen vom Bingo essen. Hoffentlich kommt der König!*«

Die anderen lachen so sehr, dass sie sich kaum auf den Beinen halten können. Meine Wangen brennen, ich bin so wütend, dass mein Kopf jeden Moment explodieren wird.

»Achtung«, sagt der Kleine, dessen Namen ich mir nie merken kann. »Gleich fängt sie an zu heulen.«

Da höre ich den Müllwagen, der Stück für Stück auf uns zu scheppert. Vorsichtig nähere ich mich dem Geräusch. Langsam, langsam. So, dass Ulrik und die anderen nicht merken, was ich vorhabe. Ich höre, wie der Müllwagen hinter mir anhält, und genau in dem Moment, als die beiden Müllmänner vorbeigehen, renne ich los.

Ich renne so schnell ich kann.

Es pocht in den Ohren und ich schmecke Blut. Aber das spielt keine Rolle. Ich will einfach nur weg. Ich weiß nicht, ob sie mir folgen oder nicht, drehe mich nicht um, aus Angst, langsamer zu werden.

Dunk, dunk, treffen meine Füße auf den Asphalt. Dunk, dunk.

Bevor ich es richtig begreife, stehe ich wieder vor unserem Haus. Hastig gebe ich den Code ein und reiße die Tür auf.

Dann schleppe ich mich die Treppen hinauf. Als ich in die Wohnung komme, gehe ich gleich ins Wohnzimmer und schaue flehend zur Stuckrosette hoch.

»Ich nehm's zurück, Gott«, flüstere ich. »Ich will doch nicht, dass irgendetwas passiert. Null. Nada. Nix. Jedenfalls nicht, solange du keine Tür zu einer magischen Welt öffnen kannst, in der man nicht aufs Gymnasium wechseln muss. Da wär ich sofort dabei!«

Aber die Stuckrosette schweigt noch immer.

Also arbeite ich an meiner Zeichnung der Eiche weiter. Die schöne Eiche, die wunderbar ohne die anderen dummen Bäume auskommt.

Ein paar Stunden später kommt Mama nach Hause. Mit einem Knall stößt sie die Wohnungstür auf.

»Liv!«, ruft sie. »Zieh dein schönstes Kleid an. Wir gehen essen.«

Mein Herz macht einen kleinen Satz. Ich stürme in den Flur. »Wir gehen aus?«, frage ich.

»Ja«, sagt Mama, mit dem Kopf im Schuhschrank. »Zieh dich schnell um.«

Seit der Scheidung arbeitet Mama mehr als früher. Und ständig gibt es Fischfrikadellen. Ich glaube, sie ertränkt ihren Kummer in Fischfrikadellen. Mit anderen Worten: Es ist ein großer Fortschritt, dass wir essen gehen.

Ich sprinte in mein Zimmer und öffne den Kleiderschrank. Soll ich das rosa Kleid mit den weißen Vögeln darauf nehmen, das lilafarbene mit den Sternen oder das rote mit den weißen Blumen? Ich halte sie nacheinander vor mich, betrachte mich im Spiegel an der Schrankinnenseite. Meine Schultern und Knie sind so groß und knochig. Der Rest ist okay. Beine, Zähne, Haare: okay. Aber gleichzeitig ist alles falsch. So wie es mir die Frau im Bürgeramt freundlicherweise mitteilte: »Du hast keine blauen Augen, die sind grau. Und deine Haare sind doch nicht hellblond, die sind mittelblond!« Sie sagte es so, als sei es ein Verbrechen. Als würde ich mich für jemand anderen ausgeben wollen. Einen Moment lang fürchtete ich sogar, dass sie der Meinung war, ich hätte keinen Pass verdient. Doch ein paar Tage bevor das Flugzeug nach London und zu Papa abhob, kam der Pass.

Ich halte das rote Kleid mit den weißen Blumen noch einmal vor mich. Das nehme ich. Ich ziehe es vom Kleiderbügel und schlüpfe hinein. Dann schlage ich die Schranktür zu.

Wen kümmern schon knochige Knie und graue Augen, wenn wir gleich essen gehen?

Ich laufe ins Wohnzimmer.

»Fertig!«, rufe ich.

Mama kommt auf einem Bein hüpfend aus ihrem Zimmer, die schwarze Clutch zwischen den Zähnen. Sie zieht ihr Haargummi fest und gleichzeitig eine schwarze hochhackige Sandale über die linke Ferse. Sie trägt den hellen Jeansrock, der oberhalb der Knie endet, und die weiße Strickjacke, die sie so gern mag. Als sie mich sieht, hält sie in der Bewegung inne.

»Was für eine wunderschöne Tochter ich habe«, sagt sie und mustert mich von Kopf bis Fuß.

»Danke«, entgegne ich und lasse die Hand über den goldenen Elefanten gleiten, der über meiner Halsgrube baumelt.

»Ich bin sicher, dass Anne und Frans dich genauso hübsch finden werden wie ich.«

Ich versteinere auf der Schwelle zwischen Wohnzimmer und Flur.

»Anne und Frans?«, frage ich.

Mama nimmt den Schlüsselbund von der Kommode. »Ja, Anne. Von der ich dir gestern erzählt habe.« Sie schaut mich an, als müsste ich genau wissen, wer diese Anne ist. »Meine neue Kollegin. Und Frans ist ihr Sohn. Er fängt nach den Sommerferien an derselben Schule an wie du.«

»Ein Junge«, flüstere ich.

Das ist fast schlimmer, als zu einem Leben voller Oberschenkelhalsbrüche verdammt zu sein. Ich weiß nicht, worüber ich mit Jungs reden soll. Das war schon immer so. Ich konnte noch nie mit Jungs umgehen.

Mama seufzt. »Es wird dir guttun, neue Leute kennenzulernen, Liv«, sagt sie und betrachtet mich mit ihrem Mamablick. »Ich weiß, dass du dich nicht gerade auf die neue Schule freust. Aber du kannst doch nicht die ganzen nächsten Jahre in der Wohnung sitzen und Kniffel spielen.«

Ich drehe mich um und gehe wieder ins Wohnzimmer, schaue zur Stuckrosette an der Decke. Falls es Gott gibt, muss er einen absurden Sinn für Humor haben.

Ich weiß, dass sich das vielleicht komisch anhört, aber ich rede nicht besonders gern mit Jungs. Ich krieg das einfach nicht hin. Mit Jungs reden ist was für Ida. Immer Ida. Ida, die ihre langen schwarzen Haare zurückwirft und einen Kommentar bringt, der alle Jungs ein Warum-ist-sie-nicht-meine-Freundin-Grinsen grinsen lässt. Mich grinst niemand an. Und erst recht spricht niemand mit mir. Nie im Leben.

»Es könnte ja sogar sein, dass du ihn in Ordnung findest«, sagt Mama und klimpert im Flur mit dem Schlüsselbund.

Wie immer begreift sie überhaupt nichts. Sie hat keine Ahnung, wie es ist, fast dreizehn zu sein. Wie es ist, in einem Sommer sowohl seine Oma als auch seine beste Freundin zu verlieren. Die einzigen Menschen auf der Welt, die mich verstanden haben. Sie begreift nicht, dass es mir manchmal Angst macht, mit Fremden zu reden. Besonders nach einem Tag wie diesem.

»Meinst du, er spielt Kniffel?«, frage ich und schaue auf.

Mein Blick trifft Mamas im Spiegel über der Flurkommode.

»Vielleicht«, sagt sie mit ihrer fröhlichsten Stimme. »Aber das finden wir nur heraus, wenn wir ihn kennenlernen.«

Ich seufze.

Mit Oma war es immer so leicht. Wir haben über Gedichte geredet und dabei Tee getrunken und Marmorkuchen gegessen. Und dann haben wir Kniffel gespielt. Oder Zehntausend. Und Oma hat davon erzählt, wie die Welt war, als sie selbst noch ein Kind war. Von der großen alten Welt. Ida mochte das auch, denn sie hat nie eine Oma gehabt. Aber ich bezweifle, dass es dieser Frans cool findet, wenn ich von meiner toten Oma erzähle.

Jetzt seufzt Mama. »Wir müssen nicht hingehen. Wenn du überhaupt nicht willst, bleiben wir zu Hause«, sagt sie und legt den Kopf schief.

Sie schaut mich mit den traurigsten Augen der Welt an, wie der Hund von Witwe Larsen, ein Basset. Wenn Mama so guckt, schaffe ich es nie, Nein zu sagen. Und das weiß sie.

»Na gut«, sage ich. »Aber ich nehme mein Skizzenbuch mit. Falls man nicht mit dem Typen reden kann, zeichne ich.«

»In Ordnung«, sagt Mama. »Aber du musst höflich sein. Mehr verlang ich nicht von dir.«

Ich komme in den Flur und halte ihr die Hand hin. »Abgemacht.«

»Abgemacht«, wiederholt Mama.

Wir fahren mit der Straßenbahn zu *Munchies*. Es regnet und die Wassertropfen laufen am Fenster hinab wie dicke Adern. Draußen hasten Leute in Regenjacken vorbei. Manche klammern sich an ihre Regenschirme als wären es Rettungsbojen. Es sieht aus wie Herbst, obwohl die Blätter an den Bäumen grün sind. Eigentlich ist der Sommer in der Stadt ziemlich schön, bloß heute nicht.

Woran Mama wohl denkt, frage ich mich und schaue zu ihr rüber. Vielleicht ist sie ja auch ein bisschen nervös?

Es mag kindisch klingen, nicht mit Jungs reden zu wollen. Aber die Jungs, die ich kenne, sind nicht zu unterschätzen. Ulrik Jansen zum Beispiel. Er nennt mich Madame Marmorkuchen oder Prusselise und fragt mich ständig, wann ich meinen hundertsten Geburtstag feiere, damit er den König anrufen kann. Offenbar besucht der König alle, die hundert werden. Und so könnte ich weitermachen und mich durch die komplette Klassenliste arbeiten. Sie ist so lang wie eine Sportstunde.

Ich atme tief ein, nehme das Skizzenbuch aus meiner Tasche und halte es fest, fest vor die Brust. Das ist mein Zufluchtsort. Mein geheimer Garten. Wenn ich zeichne, verschwindet alles, wovor ich Angst habe. Alles Schwere und Schreckliche ist dann weg.

Falls dieser Abend also schiefläuft, muss ich nur den Bleistift hervorkramen. Denn Kohlenstoff ist der härteste Stoff der Welt. Und auf eine sonderbare Art macht er auch mich ein wenig stärker.

Kapitel 2

Das Restaurant ist gerammelt voll. Die Kellner schwirren um die Tische wie Hummeln auf einer Blumenwiese. Eine Frau mit kurzen Haaren steht auf, winkt. Mama winkt zurück und nimmt mich an die Hand. Wie eine Erstklässlerin führt sie mich zum Tisch. Meine Wangen glühen.

»Das ist also die berühmt-berüchtigte Liv.« Die Frau mit den kurzen Haaren spricht mit starkem Stavangerdialekt und schüttelt energisch meine Hand. »Ich heiße Anne und das ist Frans.«

Der Junge, der neben ihr aufsteht, ist groß. Blond. Er hat einen kleinen Höcker auf der Mitte seiner Nase. Und er guckt mich mit den grünsten Augen der Welt an.

»Frans«, sagt er und hält mir die Hand hin. »Frans Iversen.«

Ich merke sofort, dass etwas anders ist. Ich kann seinen Blick nicht loslassen. In den letzten Jahren habe ich einige Jungs kennengelernt, aber noch nie einen mit so grünen Augen. Schönen Augen. Solchen Augen, in die man unendlich lange schauen kann, ohne dass es langweilig wird.

»Liv Carlsen«, stottere ich und senke den Blick. Ich merke, dass ich rot werde.

Mein Herz hüpft wie ein Flusspferd auf dem Trampolin.

Die nächsten Minuten schweige ich. Vor mir steht der weltgrößte Veggieburger mit perfekten Süßkartoffelpommes. Aber ich bekomme keinen Bissen hinunter. Und ich wage es nicht, Frans anzuschauen, obwohl ich nichts anderes will. Währenddessen redet Mama wie ein Wasserfall. Anne und sie stecken mitten in einer Diskussion über Molekularbiologie, als Frans sich plötzlich über den Tisch lehnt.

»Sorry für meine Mutter«, flüstert er. »Sie redet einfach total gern über ihre Arbeit.«

Ich grinse und schaue zu ihm hinüber.

»Meine auch«, flüstere ich, bevor ich mich daran erinnere, dass ich ÜBERHAUPT keine Ahnung habe, wie man mit Jungs spricht.

WAS TUST DU DA?!?, denke ich. Erst sagst du ewig lang gar nichts und dann plapperst du ihm alles nach. Reiß dich zusammen. Erzähl was Lustiges.

Ich spüre die Hitze in meinem Hals aufsteigen wie den Fahrstuhl in seinem gläsernen Schacht draußen auf dem Vorplatz und versuche, das Gesicht hinter meinem Colaglas zu verstecken. Aber Frans scheint meine langweilige Antwort nicht zu stören, denn er redet einfach weiter.

»Man sollte glauben, dass es Spannenderes gibt, als über die

Arbeit zu reden. Aber Fehlanzeige. Ich schaffe es vielleicht, ein oder zwei Worte übers Skaten unterzubringen, bevor sie schon wieder von einer Blutprobe anfängt, die sie nach einem Skateboardunfall reinbekommen hat, oder so.«

Ich nicke.

Ich kenne mich überhaupt nicht mit Skaten aus, aber ich nicke.

Es fühlt sich so an, als würden meine Gedanken runder werden, wenn ich in Frans' grüne Augen schaue. Jetzt erkenne ich, dass sie nicht nur hübsch sind, sondern auch ein ganz besonderes Funkeln darin liegt. Er sieht clever und ein bisschen frech aus, wie ein Otter.

»Du fährst Rollbrett?«, schaffe ich es zu fragen.

Er schaut mich direkt an. »Rollbrett!«, wiederholt er und lacht. »Nur Omas sagen *Rollbrett.*«

Die Hitze bewegt sich wieder meinen Hals hinauf.

»Sorry«, sage ich. »Mama nennt mich Minirentnerin, weil ich mich so altmodisch ausdrücke.«

Frans lacht wieder. »Pretty funny«, sagt er.

»Du skatest also?«

»Ich skate, wenn es keine Wellen gibt, auf denen ich surfen kann«, sagt er. »So wie hier in Oslo.«

»Aber warum surfst du?«, frage ich.

»Weil's einfach mega ist. Surfen ist ein bisschen wie Fliegen.« Er breitet die Arme aus.

Ich würde so gern sagen: Ja, ich weiß. So fühlt sich Schwimmen für mich auch an. Aber die Worte stecken mir im Hals fest. Das Einzige, was ich herausbekomme, ist: »Cool.«

»In der Zeit in L. A. stand ich ständig auf'm Surfbrett. So lässig! Da hab ich's wirklich kapiert und bin in den Flow gekommen«, erzählt er und hält plötzlich inne.

»Warum seid ihr umgezogen?«

Frans seufzt. »Papa hat seinen Job in den USA verloren. Und in Stavanger haben die Jobs auch nicht gerade auf ihn gewartet, deshalb sind wir nach Oslo gezogen.«

»Ach so«, sage ich.

Frans schaut aus dem Fenster Richtung Straße. Der Himmel ist aufgerissen. Ein Sonnenstrahl erhellt die Welt da draußen und bringt den Asphalt zum Glitzern. Ich kann meinen Blick nicht von Frans lösen. Seine Haare sind wellig und von der Sonne ausgeblichen. Der Höcker auf seiner Nase ist ganz genau da, wo er sein soll. Und sein Mund … Frans' Augen treffen auf meine. Ich senke den Blick und lache.

»Whazzup?«, fragt er.

»Ach, nichts«, sage ich und rühre mit dem Strohhalm in meiner Cola, dass die Eiswürfel klirren.

»Funny«, sagt er und nimmt einen Schluck aus seinem Glas. »Du bist echt funny.«

»Du meinst damit schon lustig, oder?« Ich streiche eine Haarsträhne hinters Ohr.

»Funny kann vieles heißen«, sagt er und grinst. »Witzig oder merkwürdig. Aber ich meine meistens witzig.«

»Du sprichst sicher super Englisch«, sage ich.

Er senkt den Blick.

Oh nein, denke ich. War es blöd, das zu sagen?

»Wahrscheinlich klingt Ida inzwischen wie eine echte Nordnorwegerin«, fahre ich schnell fort.

Kaum denke ich an Ida, spüre ich einen Stich im Herzen. Sie hätte Frans von der ersten Sekunde an verzaubert. Ein einziger Blick aus ihren großen bonbonblauen Augen und er wäre verloren.

»Wer ist Ida?«, fragt er.

»Meine beste Freundin«, sage ich, auch wenn ich weiß, dass das nicht mehr stimmt. »Sie ist nach Bodø gezogen.«

»Wie ist sie so?«

»Ida ist die Coolste«, sage ich und bereue es sofort. »Sie ist so ein Mädchen, das alle mögen.«

Am liebsten hätte ich mir die Zunge abgebissen. Wieso habe ich Ida ins Spiel gebracht? So, wie ich von ihr schwärme, hört es sich bestimmt an, als wäre sie *die* Traumfrau. Und dann sitze *ich* hier, Miss Marmorkuchen 2021. Frührentnerin bis in alle Ewigkeit.

Frans schaut mich neugierig an. »Okay«, sagt er. »Weshalb ist sie denn so cool?«

»Sie ist es einfach«, sage ich und betrachte mein Glas.

Ida hätte sicher ihre Haare zurückgeworfen und gefragt, ob Frans ihr nicht Skaten beibringen könne. Einfach so: »No big deal, Dude! Ich hab Lust, es zu lernen.«

Und dann, ehe ich mich's versehe, platzt es aus mir heraus: »Ida wollte sich diesen Sommer eigentlich zu einem Skateboardkurs anmelden, aber dann ist sie weggezogen und deshalb wurde nichts draus.«

Ich spüre, wie die Panik unter meinem Pony kocht. Was rede ich denn da?

Frans reißt die Augen auf. »Kannst nicht *du* stattdessen mit dem Skaten anfangen? Wenn du willst, zeige ich es dir.«

Ich fühle mich, als hätte ich ein ganzes Glas eingelegter Chilis gegessen. Mein Mund ist knochentrocken und meine Wangen brennen.

»Was willst du Liv zeigen?«, fragt auf einmal eine Stimme, die ich nur allzu gut kenne.

Auf der anderen Seite des Tischs haben Mama und Frans' Mutter ihr Gespräch unterbrochen. Sie sind außerdem mit dem Essen fertig und haben den Wein ausgetrunken.

Jetzt gucken sie uns neugierig an. Besonders Mama, denn sie hat die Frage gestellt.

»Skateboardfahren«, sagt Frans und lächelt.

»Wenn du magst?«, flüstert er mir zu.

Ich bekomme kein Wort über die Lippen.

Mama dagegen wird ganz zappelig.

»Du fährst Rollbrett?«, fragt sie und schaut Frans an. »Das ist ja aufregend!«

Frans senkt den Blick. Ich sehe, dass er sich Mühe gibt, nicht in Lachen auszubrechen.

»Ja, ich fahre Skateboard. Und das ist ziemlich spannend, stimmt.«

Er schaut mich an.

Worauf hab ich mich da eingelassen? Ich kann doch nicht Skateboardfahren lernen. Das ist gefährlich. Ich werde fallen und mich verletzen, mir den Oberschenkelhals brechen und im Krankenhaus landen. Aber vor allem: Ich werde mich blamieren. Vor Frans.

Mama, die offenbar vergessen hat, wer ihre Tochter ist, fährt begeistert fort: »Ich finde, da solltest du zuschlagen, Liv. Rollbrettfahren lernen, wie toll!«

Oh nein, denke ich, ein Unglück kommt selten allein.

Kapitel 3

In dieser Nacht bekomme ich Frans nicht aus dem Kopf. Seine grünen Augen. Die Haare. Den Mund. Und seine Nase mit dem hübschen Höcker in der Mitte. Vielleicht hat er sich die mal beim Skateboardfahren gebrochen, denke ich und schaudere.

Ich habe Bauchweh und mein Kopf pocht. An den Kopfschmerzen bin ich selbst schuld. Ich zermartere mir nämlich das Hirn nach guten Ausreden, um nicht Skateboardfahren lernen zu müssen.

Es ist nicht so, dass Frans mich gleich in den Skatepark eingeladen oder Mama mich auf der Stelle im Skateclub angemeldet hätte. Es lag mehr so eine Erwartung in der Luft, dass ich Ja sagen sollte. Dass alle dachten, das wäre doch super für mich.

Und ein Teil von mir hat große Lust, Ja zu sagen, denn der Gedanke, Frans wiederzutreffen, lässt mein Herz aufgeregt hüpfen.

Aber nein, das geht nicht.

Ich seufze. Mir wird klar, dass ich mit jemandem reden muss. Und zwar nicht mit irgendwem, sondern mit *den alten Freundinnen.* Wenn irgendwer auf der Welt weiß, wie ich aus diesem Dilemma wieder herauskomme, dann sie.

Die alten Freundinnen waren eigentlich Omas Freundinnen. Als Oma noch lebte, waren wir jeden Montag und Mittwoch im Tøyenbad. Und jedes Mal sind wir für eine Viertelstunde in die Sauna gegangen, wo Oma die neuesten Neuigkeiten von Witwe Larsen, Bunny und Frau Blix erfuhr.

Am nächsten Morgen mache ich mich also auf den Weg zum Tøyenbad. Vorsichtig öffne ich die Glastür zur Sauna. Die ersten Sekunden sehe ich nichts außer Dampf. Dann höre ich eine bekannte Stimme.

»Margrethe, schau mal, wer uns besuchen kommt!«

»WAS?«, krakeelt Witwe Larsen.

Sie hört nicht mehr besonders gut.

»Liv ist da!«, ruft Bunny.

»Komm näher, damit wir dich sehen können«, kommandiert Frau Blix.

Sie ist so kurzsichtig, dass es an Blindheit grenzt.

Ich gehe auf die Stimmen zu und plötzlich entdecke ich sie, alle drei. Witwe Larsen trägt wie üblich ihre geblümte Badekappe. Bunny steckt wie jedes Mal in ihrem abgetragenen Bikini mit Leopardenmuster. Und Frau Blix winkt wie ein Stierkämpfer mit dem Handtuch.

»Hallo«, sage ich. »Wie schön, Sie zu sehen.«

»Hallo«, antworten die alten Freundinnen im Chor.

Dann mustert mich Frau Blix prüfend. »Du hast dich seit der Beerdigung nicht mehr blicken lassen«, sagt sie. »Was hast du denn die ganze Zeit gemacht?«

»Ja«, stimmt Bunny ein. »We were worried.«

Ihre amerikanischen »R« rollen so wunderbar wie immer.

Ich lasse mich neben den dreien auf die Bank fallen.

»Oje!«, sagt Witwe Larsen und rückt ein Stück zur Seite. »Ist es ansteckend?«

»Nein«, beruhige ich sie. »Das ist es wohl kaum.«

Bunny schaut mich mit großen Augen an. »Come on, Sugar«, drängt sie. »Erzähl uns, was du auf dem Herzen hast.«

Ich stöhne.

Und dann erzähle ich den alten Damen alles: von Frans und seinen gewellten Haaren. Von seinen grünen Augen und der Nase mit dem hübschen Höcker in der Mitte. Von den Worten, die mir im Hals stecken geblieben sind. Und dass ich letzte Nacht nicht schlafen konnte.

»Sie wissen doch, wie ich bin«, schließe ich meinen Bericht. »Ich weiß nicht, worüber ich mit Jungs reden soll. Vielleicht hab ich so etwas wie eine Jungslegasthenie. Ich fühle mich jedenfalls krank.«

»Was du nicht sagst«, meint Frau Blix und lacht.

»Aber …«, wende ich ein.

»Na klar«, sagt Frau Blix. »Sonst noch was?«

Frau Blix ist Kassenwartin im Rotary Club, in dem auch Oma Mitglied war. Sie klingt immer sehr geschäftsmäßig.

»Etwas war anders mit ihm«, sage ich und studiere meine Badeschuhe. »Als ich in seine Augen geschaut hab, hatte ich ein Gefühl, als würde die Welt stehen bleiben. Ich weiß nicht, was das war. Aber irgendetwas war da.«

»Mhm«, sagt Bunny bekräftigend. »Du hast Jungsblues.«

»Jungsblut?«, frage ich skeptisch. »Aber ich bin doch ein Mädchen!«

»Doch kein Blut, Sugar!« Bunny lacht laut. »Blues, like the music.«

»Jungsblues …« Ich probiere das Wort im Mund aus.

»Ich erinnere mich daran, wie ich 1962 Dag Olav kennenlernte«, sagt Witwe Larsen auf einmal. »Ich dachte, mein Herz würde stehen bleiben.«

Bunny nickt verständnisvoll.

»Ach, ihr sentimentalen Trottel!« Frau Blix schüttelt den Kopf. »Hört ihr nicht, was das Mädchen sagt? Sie fühlt sich krank.«

Da muss Bunny wieder lachen. »Die besten gives you stomach ache.«

In der Sauna ist es auf einmal fürchterlich heiß. Ich spüre, wie mir der Schweiß über die Unterarme rinnt.

»Aber das ist noch nicht das Schlimmste«, seufze ich.

»Was denn noch?«, fragt Frau Blix und reißt ihre großen Augen auf.

»Ich hab ihn angelogen«, sage ich und betrachte die Bodenfliesen. »Ich hab gesagt, dass ich Lust hätte, skaten zu lernen.«

»Skaten?«, fragt Frau Blix. Es klingt, als taste sie das Wort vorsichtig ab.

»Oh, I know«, sagt Bunny. »It's skateboarding, right? Auf so einem schmalen Brett mit Rollen drunter?«

»Ach so, Rollbrett«, sagt Frau Blix. »Sag das doch gleich. Rollbrett.«

Ich nicke.

»Wir könnten uns alle zu einem Kurs anmelden«, sagt Witwe Larsen begeistert. »Wäre das nicht ein großer Spaß? Vielleicht gibt es einen Seniorenkurs an der Volkshochschule.«

»ROLLBRETT? WIR?«, ruft Frau Blix. »BIST DU WAHNSINNIG? Mein Oberschenkelhals ist gerade erst wieder zusammengewachsen, nachdem ich letzten Winter auf dem Eis ausgerutscht bin.«

»*Liv* soll Skateboard fahren lernen, nicht wir, okay?«, sagt Bunny laut. »Stimmt's, Sugar?«

»Ähm …«, stammle ich. »Ich weiß nicht, ob …«

»Aber das ist doch perfekt! Dann kannst du diesen Rollbrettjungen beschnuppern. Und etwas Neues lernen!«, ruft Frau Blix zufrieden.

Frau Blix ist nicht nur Kassenwartin im Rotary Club, sie ist auch pensionierte Lehrerin. Deshalb ist sie immer daran interessiert, dass andere ihren Horizont erweitern und Neues entdecken. Mit sich selbst nimmt sie es allerdings nicht so genau. Am liebsten isst sie Backpflaumen und löst Kreuzworträtsel.

»Mhm«, sage ich. »Vielleicht.«

»VIELLEICHT?« Frau Blix hält ihr Gesicht direkt vor meines.

»Immer mit der Ruhe, Blix«, sagt Bunny.

»Ich habe echt keine Ahnung von Skateboards«, sage ich. »Ich werde mich blamieren.«

»Sprich mit Hallgrim.« Frau Blix stößt mich leicht in die Seite. »Er kann dir bestimmt mit ein paar Büchern über das Rollbrettfahren helfen. Bücher helfen immer.«

Ich fühle mich benommen. Die guten Ratschläge machen mich schwindeliger als die Hitze.

»Ich glaube, da braucht jemand eine kalte Dusche«, sagt Frau Blix und stützt mich beim Aufstehen.

Wir wanken vorsichtig Richtung Glastür.

»Geh zur Bücherei, Sugar. Und dann sprechen wir uns am Montag!«, brüllt Bunny uns hinterher.

»Aber …«, beginne ich.

Doch Frau Blix hat die Tür schon hinter uns zugezogen.

Es kann nicht schaden, zur Deichman-Bibliothek zu gehen, denke ich. Doch da ist noch etwas anderes, das mich nach draußen zieht. Etwas, das mit »F« anfängt und auf »rans« endet. Ich frage mich, was er gerade macht, ob er vielleicht auf seinem Skateboard durch Oslo saust. Wenn ich daran denke, rutscht mein Herz durch meinen Körper, als hätte es ebenfalls Rollen bekommen.

Morgen gehe ich zur Bibliothek, denke ich. Heute versuche ich lieber, Frans zu finden.

Ich laufe vom Tøyenbad nach Hause und werfe den Schwimmbeutel in den Flur, bevor ich Richtung Schule eile. Genau zwischen der Schule und dem Friedhof liegt nämlich so ein Skatepark. Bisher habe ich ihn nicht groß beachtet. Aber jetzt leuchtet er in meinem Kopf wie ein Neonschild.

Erst an der Ampel halte ich an. Es dauert hundert Jahre, bis sie grün wird. Als ich endlich die Straße überquert habe und über den Zaun an der Bushaltestelle spähe, ist der Park leer: kein einziger Skater zu sehen.

Ich trete gegen einen losen Stein auf dem Gehweg. Dann trotte ich zur Straßenbahnhaltestelle am Café Ruine hinüber. Wo habe ich in Oslo schon Skater gesehen? Mein Gehirn arbeitet so schwerfällig wie die Osloer Verkehrsbetriebe.

Dann macht es plötzlich *Pling* in meinem Kopf. Vor dem Tinghuset, dem Gericht. Na klar! Da hängen immer Skateboarder rum.

Ich schaue auf und genau in diesem Moment klappert die Linie 18 vom Universitätsklinikum heran. Als sie anhält, springe ich hinein. Das Blut rauscht in meinem Kopf. Ich frage mich, was ich hier eigentlich mache. Was zum Teufel soll ich sagen, falls ich Frans treffe? Ich weiß es nicht … Aber es fühlt sich gut an, überhaupt etwas zu tun.

Doch als ich am Gericht ankomme, ist die Treppe menschenleer. Nur ein mürrischer alter Mann mit einer schwarzen Ledertasche hastet vorbei.

Ich stöhne. Dann schlurfe ich über die Straße und warte auf die Bahn nach Hause.

Abends kocht Mama spanische Hackbällchen mit Kartoffelspalten und Aioli. Dazu stellt sie Oliven und einen alten, komischen Käse auf den Tisch, aber das esse ich nicht. Irgendwo ist eine Grenze. Eigentlich mag ich Fleisch nicht besonders, aber diese Hackbällchen sind die besten auf der ganzen Welt. Da verschiebe ich das Vegetarierin-werden lieber auf einen anderen Tag.

»Du, Mama?«, frage ich. »Wo wohnen eigentlich Anne und Frans?«

Mama schaut von ihrem Teller auf. »Sie sind in ein Haus in Ekeberg gezogen. Warum fragst du?«

Meine Wangen glühen.

»Ach, keine Ahnung«, sage ich und schiebe ein Hackbällchen über den Teller. »Hab ich mich bloß gefragt.«

Mama lächelt und nimmt einen weiteren Bissen.

»Sind Frans' Eltern verheiratet?«, frage ich nach einer kurzen Pause.

»Ja«, sagt Mama. »Ich glaube schon.«

»Okay.« Ich nehme einen Schluck aus meinem Wasserglas.

»Und …«, fahre ich fort, während ich eine Kartoffelspalte in einen Klecks Aioli tunke, »… haben sie außer Frans noch mehr Kinder?«

Da lacht Mama. »Du interessierst dich aber plötzlich ganz schön für Anne und Arne Iversen. Pass auf, ich erzähl dir was. Sie haben eine Tochter namens Siren, die im Herbst mit dem Studium beginnt. Sie ist also wohl sechs Jahre älter als Frans. Gibt es noch etwas, das du wissen willst?«

Die Hitze breitet sich in meinem Gesicht aus. Doch dann fällt mir ein, was Frau Blix immer sagt, wenn die anderen alten Damen meinen, dass sie etwas zu neugierig ist: »Ich mache nur Konversation.«

Jetzt prustet Mama so sehr vor Lachen, dass ihr das Wasser aus der Nase spritzt.

Nachdem sie die Tränen abgetupft hat, schaut sie mich schuldbewusst an. »Entschuldige, mein Schatz, ich wollte dich nicht auslachen. Aber manchmal klingst du, als wärst du hundertzwölf statt zwölf Jahre alt.«

Ich schaue sie wütend an.

»Ich bin nicht zwölf«, sage ich. »Ich bin fast dreizehn.«

Kapitel 4

Am nächsten Morgen fahre ich zur Bibliothek. Die Schwalben stürzen sich wie Jagdflugzeuge von den Dächern. Ich folge ihnen mit dem Blick, während ich mit langen Schritten die Treppe zur Bücherei hochgehe und die Sommerluft tief in meine Lungen sauge.

Oben auf dem Plateau chillt eine Gruppe Jungs mit Skateboards. Jetzt, wo ich darüber nachdenke, fällt mir ein, dass ich hier schon früher Skater gesehen, aber nie darauf geachtet habe. Ein paar von ihnen sind aus meiner Parallelklasse. Als ich Ulrik Jansens Rücken entdecke, schaue ich schnell weg. Der hat mir noch gefehlt.

Doch als ich mich gerade in Sicherheit wähne, höre ich jemanden meinen Namen rufen.

»Liv!«

Ich drehe mich langsam um und merke, wie mein Herz zu hämmern beginnt.

Hart, hart.

Frans läuft mir entgegen. Er hält ein Skateboard in der einen und eine Wasserflasche in der anderen Hand. Und er schaut mich mit den grünsten Augen der Welt an.

»Yo«, sagt er. »Whazzup?«

Seine »Z« klingen so weich, dass sie kaum zu hören sind.

»Hi«, hauche ich, aber es klingt mehr wie ein erschrockenes Luftholen.

Mein Herz dröhnt wie Miley Cyrus' Wrecking Ball.

»Hängst du hier rum?«, fragt er und trinkt einen Schluck Wasser.

»Nein, ich wollte bloß in die Bücherei«, antworte ich.

»In die Bücherei? Es ist doch Sommer.«

»Oma hat mich gebeten, ein Buch für sie abzuholen.«

»Alright«, sagt er und lächelt. »Vielleicht willst du hinterher mit uns chillen?«

»Äh … okay«, sage ich und merke, dass meine Handflächen schwitzig werden.

»Ich hab übrigens eine Idee, wie ich dir mit dem Skaten helfen kann. Lass uns später quatschen. Du hast es doch nicht vergessen? Dass ich dir das Skateboardfahren beibringen will?«, fragt er und wirft das Board auf den Boden.

Dann springt er auf und rollt zu den anderen Jungs.

Ich fühle mich zittrig, als ich die letzten Stufen zur Bücherei hochgehe. Als ob ich eine ganze Schüssel Wackelpudding auf einmal gegessen hätte, mit Zuckerstreuseln und einem Liter Vanillesoße.

Ich betrete den Vorraum und atme erleichtert auf, als die schweren Türen hinter mir ins Schloss krachen. Hier drinnen sind jedenfalls keine Skater. Das ist mal sicher und ich bin es auch.

»Jetzt sitze ich in der Patsche«, sage ich leise zu mir selbst.

Denn draußen warten Frans und die komplette Clique aus der Parallelklasse.

In was bin ich da nur hineingeraten?, denke ich. Was soll ich zu Frans sagen, wenn ich rauskomme? Und was, wenn Ulrik mir zuvorkommt … Ulrik, der eine Gabe hat, allen in einem Umkreis von hundert Metern das Leben schwer zu machen. Ulrik, der mich seit dem Kindergarten abgrundtief hasst. Wem versuche ich, etwas vorzumachen? Ich bin Liv Carlsen. Liv Carlsen hängt nicht mit Jungs ab. Jedenfalls nicht mit Skatern. Ida macht so was. Ida, die ihre Haare zurückwirft, die an den richtigen Stellen lacht. Deren große bonbonblaue Augen strahlen, wenn sie fröhlich ist.

Ich ziehe mein Handy aus der Tasche und will schon ihre Nummer wählen, sie um Rat fragen. Aber dann halte ich inne. Ida und ich haben nicht mehr miteinander gesprochen, seit ich Anfang des Sommers in Bodø war. Wahrscheinlich werden wir nie wieder miteinander reden. Auf jeden Fall nicht so wie früher.

Ich seufze und stecke das Handy wieder weg.

Ich hätte zu Hause bleiben und Kniffel spielen sollen, denke ich.

Aber ich gehe weiter die Treppe hinauf.

Mein Lieblingsbibliothekar sitzt wie immer an seinem Schreibtisch. Er war Omas bester Freund. Hallgrim. Er hat lange graue Haare und einen Bart. Heute trägt er ein verwaschenes Rolling-Stones-Shirt, verschlissene Jeans und Militärstiefel.

Es gibt nichts, was er noch nicht gesehen hat.

»Na sowas, ist das etwa meine Liv?«, fragt er.

»Ja«, sage ich. »Sieht ganz so aus.«

Hallgrim hört auf zu tippen. Unter den buschigen Augenbrauen ruht sein Blick prüfend auf mir.

»Mhm«, sagt er. »Etwas ist nicht so easy, wie es soll.«

Ich lasse mich auf einen Stuhl neben seinem Schreibtisch fallen. Mit Hallgrim kann ich nicht über Frans sprechen. Das geht einfach nicht. Hallgrim und ich reden über Bücher. Über Gedichte. Und über Oma.

Da kommt mir wieder in den Sinn, weshalb ich eigentlich hier bin. Ich spähe zu Hallgrim hinüber. Er betrachtet mich immer noch mit leicht betrübtem Gesichtsausdruck.

»Du, Hallgrim«, sage ich. »Habt ihr ein Buch übers Skateboardfahren? *Skating für Dummies* oder so?«

»Kann ich nachschauen«, sagt er.

Er tippt zaghaft auf der Tastatur herum.

»Nope«, stellt er einen Moment später fest. »Leider nicht.«

Ich seufze. Dann beuge ich mich nach vorn und studiere meine Sandalen.

»Wir haben nur ein Buch mit dem Titel *David fährt Skateboard*«, sagt Hallgrim da. »Es ist für etwas jüngere Kids, aber …«

Ich schaue auf. In Hallgrims braunen Augen liegt ein Hoffnungsschimmer.

»Alles ist besser als nichts«, sage ich.

Hallgrim schweigt, gibt etwas in den Computer ein und macht sich dann auf den Weg, um das Buch zu holen.

Die Deichman-Bibliothek ist einer meiner Lieblingsorte. Ich liebe es, dass man sich zwischen den Bücherregalen verstecken kann und dass das Dach aussieht wie ein Himmel, weit, weit oben. Oma war auch gern hier. Sie nannte die Bücherei ihren Tempel.

Aber jetzt starre ich vor mich hin und denke darüber nach, wie ich hier herauskomme, ohne auf Frans zu stoßen. Oder auf Ulrik und die anderen.

Mir läuft ein Schauder über den Rücken.

Nach einigen Minuten kommt Hallgrim zurück. Mit einem kurzen Nicken reicht er mir das Buch und setzt sich wieder. Normalerweise wäre unser Gespräch jetzt vorbei. Ich würde das Buch mit nach unten zum Ausleihautomaten nehmen und auf meine Karte buchen. Und Hallgrim würde weiterarbeiten. Aber heute kann ich nicht einfach so gehen.

»Hilf mir«, flüstere ich.

Hallgrim wirft mir einen Blick zu. Unter den buschigen Brauen sind seine Augen fast nicht zu erkennen.

»Was sagste?«, fragt er und lehnt sich über den Schreibtisch.

»Ich brauch Hilfe«, flüstere ich.

»Hilfe? Wobei?«, flüstert er zurück.

»Da ist ein Junge, da unten«, sage ich und nicke Richtung Ausgang. »Vor dem ich … etwas Angst hab. Deshalb hab ich mich gefragt … ob es einen anderen Ausgang gibt. Sodass ich nicht …«

»… du nicht an ihm vorbeimusst?«, ergänzt Hallgrim.

»Genau«, sage ich.

Er kratzt sich am Bart und wirft mir noch einen Blick zu. Es sieht fast so aus, als würde er hinter seiner Mähne lächeln.

»Null Problemo«, sagt er dann und zwinkert mir zu. »Ich kann dich durch den Mitarbeitereingang rauslassen. Komm!«

Hallgrim geht vor und öffnet eine in der Wand versteckte Tür. Wir gehen eine enge Treppe hinab. Hier bin ich noch nie gewesen. *Zum Magazin* steht auf einem Schild, zusammen mit einem Pfeil, der nach unten weist. Aber so weit gehen wir nicht. Stattdessen führt Hallgrim mich durch einen Flur voller Jacken und Taschen, an dessen Ende eine braune Außentür wartet.

»So«, sagt er. »Jetzt bist du safe.«

»Danke.« Ich lächle. »Einen schönen Sommer, Hallgrim!«

»Ja«, sagt er nach einem Moment. »Vielleicht wird er das.«

Kapitel 5

Ich nehme die Straßenbahn zum Friedhof Gamleby. Aber die ganze Fahrt über zittere ich wie eine Wahnsinnige. Was ist los mit mir? Vielleicht bin ich wirklich krank. Die Einzige, die mir jetzt noch helfen kann, ist Oma, obwohl sie tot ist. Denn Oma und ich haben immer schon auf dem Grab gesessen und Kniffel gespielt. Mitten auf dem Grab von Opa und den anderen Vorfahren.

Ein Paar joggt vorbei, als ich in den Kiesweg zum Grab einbiege. Sie tragen identische schwarze Leggins. Raschel, raschel macht es jedes Mal, wenn ihre Oberschenkel aneinanderreiben. Raschel, raschel. Außer mir und ihnen ist niemand hier. Ich gehe zur Wasserpumpe, fülle die grüne Gießkanne und schleppe sie zum Grab. Die Stiefmütterchen sind ein bisschen schlapp, aber sie haben noch Farbe. Jemand muss sie vor nicht allzu langer Zeit gegossen haben. Das war sicher Mama.

Der Friedhof Gamleby ist ein schöner alter Friedhof. So einer mit verwitterten Grabsteinen mit Tauben- und Engelsfiguren drauf. Und mit alten Eichen. An den Wegen leere weiße Bänke. »Die Kirche bräuchte es gar nicht«, hat Oma immer gesagt. »Die Eichen sind genug.«

Als ich fertig gegossen habe, setze ich mich ins Gras und ziehe das Skizzenbuch aus der Tasche. Ich versuche, mich aufs Zeichnen zu konzentrieren, aber ich schaffe es nicht. Warum, verdammt noch mal, musste sich Frans ausgerechnet mit den Jungs aus der Parallelklasse anfreunden? Ich hatte gehofft, dass er anders ist. Besonders. Nicht so wie die. Dass ich vielleicht endlich mal einen Jungen getroffen hätte, mit dem ich reden könnte.

Aber nein.

Ich ziehe einen Löwenzahn aus der Erde, der frech genug war, sich mitten auf Omas Grab niederzulassen.

Er sieht fast ein wenig griesgrämig aus, dieser Löwenzahn. Genau wie Ulrik, wenn ich es mir recht überlege.

Ich wünschte, Oma wäre noch am Leben. Dann könnte ich ihr alles erzählen. Und sie würde verstehen, dass ich gleichzeitig glücklich bin und Angst habe. Glücklich, einen Jungen wie Frans kennengelernt zu haben. Und trotzdem habe ich eine Heidenangst, Skateboard fahren zu müssen.

Sie hätte verstanden, wie das möglich ist.

Weil Oma jemand war, der die Dinge versteht.

Schließlich hebe ich mein Skizzenbuch wieder auf. Ich blättere bis zu einer leeren Seite. Dann lasse ich den Bleistift auf das Papier treffen. Wenn ich zeichne, werde ich ganz ruhig. Ich spüre, wie mich der Bleistift in eine andere Welt zieht. In eine Welt, in der die Zeit stillsteht und es keine Probleme gibt. Ein Ort, der so heilig ist, dass nicht mal der Papst oder ein Priester oder überhaupt irgendein Erwachsener dort etwas zu suchen hat.

Ein Ort, an dem ich ich selbst sein kann. Und wo das gut genug ist.

Plötzlich klingelt mein Handy. Erst höre ich es gar nicht richtig. Nur ein weit entferntes Summen dringt an mein Ohr. Doch dann wird es lauter und lauter, so wie der Wecker am Morgen. Da begreife ich endlich, was los ist.

Ich gehe ran.

Es ist Mama.

»Hallo«, sagt sie. »Was hältst du von Fischauflauf zum Abendessen?«

»In Ordnung«, seufze ich.

»Ich bin in einer halben Stunde zu Hause«, sagt sie.

»Okay«, antworte ich.

»Kannst du den Ofen schon mal vorheizen? Falls du zu Hause bist, meine ich.«

»Ich kann mich jetzt auf den Weg machen.«

»Schön. Bis gleich, mein Schatz!«

»Tschüss.«

Erst als ich auf das rote Telefonsymbol drücke, sehe ich, was ich gezeichnet habe. Es ist ein Junge auf einem Skateboard. Der

Junge erinnert verdächtig an Frans. Er hat Frans' wellige Haare und die Nase mit dem kleinen Höcker in der Mitte. Und Augen mit demselben sanften Ausdruck wie die von Frans.

Meine Wangen glühen schon wieder.

Auf dem Heimweg komme ich am Skatepark vorbei. Mein ganzes Leben lang ist er schon dort, aber bis vorgestern habe ich keinen Gedanken an ihn verschwendet.

Ich spähe über den Zaun.

Auch heute ist niemand da.

Der Park mit all seinen Rampen und dem großen leeren Schwimmbecken – laut Google heißt das *Bowl* – liegt verlassen da.

»Vielleicht solltest du dir das doch mal anschauen?«, höre ich Omas brüchige Stimme in meinem Kopf. Oma war immer so neugierig. Manchmal hatte ich das Gefühl, mit einer Fünfjährigen unterwegs zu sein. Ständig wollte sie Türen öffnen oder über Zäune klettern, um herauszufinden, wie es dahinter aussah, während jeder Funke Vernunft in meinem Körper schrie: NEIN! Geh da nicht rein! Und wenn jemand kommt?

Aber nun ist da dieses verdammte Herz.

Es dreht eine Pirouette in mir, sobald ich auch nur an Frans denke.

Ich schlüpfe durch das Tor. Als Erstes sehe ich riesige neonfarbene Bilder an den Wänden. Irre Porträts von Bob Marley und von irgendwelchen Männern, die ich nicht kenne. Sterne.

Buchstaben. Die Umrisse von Gebäuden. Als hätte jemand die ganze Stadt in einen winzigen Eimer gepresst und den dann über diesem kleinen Stück Asphalt und Beton ausgeschüttet. Ich stehe wie versteinert da und staune. Wer das gemacht hat, muss unglaublich gut zeichnen können. Alles wirkt perfekt. Die Farben. Die Umrisse. Das Gefühl.

Auf einmal höre ich knirschende Schritte, wie wenn jemand über Schotter läuft. Ich wirble herum. Durch das Tor tritt Ulrik und hinter ihm die restliche Clique.

Seine Augen werden schmal. »Was machst ausgerechnet DU hier?«, fragt er unwirsch.

Mein Herz setzt einen Schlag aus. Erst jetzt merke ich, wie eiskalt es im Schatten ist.

Das geht dich gar nichts an!, möchte ich rufen. Aber ich bekomme keinen Ton raus.

»Bist du taub, Prusselise?«, knurrt Ulrik.

Er kommt näher.

Ich weiche einen Schritt zurück.

»Nein«, sage ich. »Ich wollte mir das hier nur einmal anschauen.«

Ulrik verdreht die Augen. *»Ich wollte mir das nur einmal anschauen«*, wiederholt er mit seiner Omastimme. »Fuck, was glaubst du denn? Dass das hier ein Museum ist?«

Sein Grinsen ist hämisch.

Lieber Gott, denke ich. Lieber Gott, kannst du dafür sorgen, dass eine riesige Welle den Skatepark überschwemmt? Eine gigantische, schnell anschwellende Flutwelle. Ich würde liebend gern hineinspringen und um mein Leben schwimmen. Ich würde es wie ein Wal machen, für mehrere Minuten untertauchen und erst wieder an die Oberfläche kommen, wenn Ulrik und seine Clique ertrunken sind.

Komm schon, Gott. Falls es dich gibt, musst du mir jetzt helfen, okay?!?

»Bist du völlig intelligenzbefreit, oder was?«, ruft der Kleine, dessen Namen ich mir nie merken kann.

Seine Worte ätzen sich in meine Ohren.

»Entspann dich, Fredrik«, sagt Ulrik und lacht. »Hat dir denn keiner beigebracht, dass man zu alten Damen höflich sein muss? Also zu solchen wie Madame Marmorkuchen.«

Großartig, denke ich. Da kommt er also. Der Kommentar, auf den ich seit Minuten warte.

»Hey, Liv«, fährt Ulrik fort. »Wo kaufst du eigentlich deine Klamotten? Ich wette, meine Oma würde den Laden lieben.«

Er lacht heiser.

Ich bekomme eine Gänsehaut. Ich muss etwas tun. Etwas, das Ulrik und die anderen Jungs ablenkt. Etwas, das mir die Möglichkeit zur Flucht verschafft.

»SCHAUT MAL!«, rufe ich und zeige in irgendeine Richtung. »EINE NACKTE FRAU!!!«

In der Sekunde, in der Ulrik und die anderen Jungs ihre Köpfe drehen, nehme ich all meine Kräfte zusammen.

Und dann renne ich.

Ich schlüpfe zwischen ihnen hindurch. Aus dem Tor hinaus. Sprinte über die St. Halvards Gate, obwohl die Ampel rot ist. Ein Bus hupt. Aber ich kann mich nicht umdrehen. Dann werde ich womöglich langsamer und sie holen mich ein. Auch wenn ich weiß, dass das nicht wahrscheinlich ist. Ich habe das vielleicht noch nicht erwähnt, aber in meiner Klasse bin ich nicht nur die Beste im Schwimmen, sondern auch die schnellste Läuferin. Wenn man seit dem Kindergarten vor Ulrik wegrennt, wird man das.

Ich schmeiße mich gegen die Haustür, während ich nach Luft schnappe. Harte Stiche auf der einen Seite. Jetzt auch noch Seitenstechen, denke ich. Na super!

Dann stolpere ich die Treppenstufen zu unserer Wohnung hoch.

Ich wette, Gott ist eines Morgens aufgewacht und hat auf die Erde hinabgeblickt. *Mhm*, hat er gedacht. *Es ist viel zu still und ruhig dort. Höchste Zeit für etwas mehr Leben und Trubel.* Und dann hat er eine Gewürzdose vom Regal genommen, auf der IDIOTEN stand, während er hinterhältig grinste. *Das wird interessant!* Dann hat er Idioten über den Erdball gestreut. Ein großer Haufen landete in den USA und den Rest verteilte er über die anderen Kontinente. Und genau auf Oslos Altstadt fielen Ulrik Jansen und seine Clique.

PERFEKT!

Ich gehe in die Küche und fülle Wasser in den Wasserkocher. Während ich meine Lieblingstasse aus dem Schrank hole, schiele ich zum Gewürzregal. Gerade wäre ein Vorspulknopf fürs Leben genial, denke ich und warte darauf, dass das Licht am Wasserkocher ausgeht. Fast forward durch die Pubertät.

Ich fülle Früchtetee in ein Tee-Ei, gieße das heiße Wasser darüber und trage alles in mein Zimmer. Dann hole ich vorsichtig die Schachtel mit dem Marmorkuchen hervor, die ich gestern hinter den Büchern im Regal versteckt habe, und setze mich aufs Sofa.

Ein Teil von mir will sich einfach nur unter der Decke verkriechen und die Wohnung nicht mehr verlassen. Nie wieder!

»Wo kaufst du eigentlich deine Klamotten? Ich wette, meine Oma würde den Laden *lieben.*« Ulriks Worte klingeln in meinen Ohren. Auch wenn ich weiß, dass *er* der Idiot ist, tut es weh.

Es war alles so viel leichter, als Ida noch da war. Ida fand es cool, dass ich anders bin. Meine Klamotten nannte sie *vintage* und sie liebte es, Omas Kleiderschrank nach Schätzen zu durchforsten. Außerdem konnte sie Ulrik mit einem einzigen Satz zum Schweigen bringen. Mit Ida legt man sich nicht an.

Gerade vermisse ich Ida so sehr wie nie zuvor. Ich vermisse sie genauso so schlimm wie Oma.

Wann ist das Leben eigentlich so schwierig geworden?

Plötzlich ist mir, als würde ich wieder Omas Stimme in meinem Kopf hören. »Du lässt ja wohl kein flachköpfiges Hohlbrot über dein Leben bestimmen?«, schimpft die Stimme. Sie klingt warm und energisch.

Du hast gut reden, du bist ja tot, denke ich.

»Wenn ich auf all die Hohlbrote gehört hätte, die ich im Laufe meines Lebens getroffen habe, wäre ich keinen Schritt weit gekommen. Und erst recht hätte ich keine Gedichte geschrieben«, fährt die Stimme fort. »Du musst der Welt zeigen, dass man sich nicht mit Liv Carlsen anlegt. Genauso wenig wie mit Ida.«

Ich trinke meinen Tee, während ich über das nachdenke, was Omas Stimme da gerade gesagt hat.

Fünf Minuten später kommt Mama nach Hause.

»Hallo!«, ruft sie.

»Hi«, antworte ich aus meinem Zimmer.

»Aber Liv«, sagt sie und ich kann ihre Enttäuschung bis hierhin hören.

»Du hast ja den Ofen gar nicht eingeschaltet.«

Ich stehe auf und gehe zu ihr.

»Entschuldige«, sage ich und umarme sie.

»Schon in Ordnung«, seufzt Mama. »Nicht so schlimm. Dann müssen wir halt ein wenig warten, bis der Fischauflauf fertig ist.«

Auch wenn wir jetzt fast gleich groß sind, küsst sie mich auf den Kopf, wie sie es immer gemacht hat, als ich klein war. Ich gehe in die Küche und hole zwei Teller aus dem Schrank, während Mama den Ofen anstellt.

»Du, Mama«, sage ich und lehne mich an die Anrichte. »Findest du meine Klamotten hässlich?«

Nach dem Zusammenstoß mit Ulrik und seinen Jungs ist der schwarze Klumpen in meinem Bauch immer noch da.

Mama sieht mich erschrocken an.

»Was sagst du denn da, Schatz?«, fragt sie, nimmt meine Hand in ihre und drückt sie. »Du hattest halt schon immer deinen eigenen Stil. Schon im Kindergarten hast du entschieden, was du anziehen willst. Und ich finde deine Kleider hübsch.«

Ich ziehe die Hand zurück.

»Das sagst du nur, weil du meine Mutter bist.«

Ich starre zu Boden. Unter allen Schränken liegen Krümel. Ich spüre Mamas besorgten Blick auf der Kopfhaut. Verdammt, ich hätte den Mund halten sollen. Das war dumm. Jetzt macht sie sich auch noch um mich Sorgen. Als hätte sie nicht genug mit den Sorgen um die kranken Patienten bei der Arbeit zu kämpfen. Und damit, dass Papa und sie sich haben scheiden lassen.

Aber Mama lacht.

»Ich bin nicht die Einzige, die das findet«, sagt sie. »Anne hat mich gebeten, meine hübsche Tochter zu grüßen.«

Sie legt ein paar Kartoffeln in die Spüle und dreht das Wasser auf.

»Ja, aber sie ist doch deine Freundin«, sage ich.

»Übrigens hat Frans nach dir gefragt. Das hat Anne mir heute in der Mittagspause erzählt.«

FRANS!

Mein Herz stoppt kurz, bevor es laut pochend wieder zu schlagen beginnt. Ich schaffe es gerade noch, eine Sekunde lang glücklich zu sein, bevor ich mich an all das erinnere, was heute passiert ist. Garantiert hat Ulrik Frans erzählt, dass ich altmodisch und die größte Nervensäge der Welt bin. Bestimmt haben sie über mich gelacht, über meine Klamotten und über alles, was ich gesagt habe.

Ich lasse den Kopf auf die Anrichte sinken.

»Was ist denn?«, fragt Mama. »Ich dachte, du freust dich, das zu hören?«

»Mama«, sage ich. »Möglicherweise schockiert dich das, aber es ist nicht so leicht, immer fröhlich zu sein. Jedenfalls nicht, nachdem Gott Idioten über dem ganzen Planeten verteilt hat.«

Kapitel 6

Das Wochenende zieht sich wie zwanzig Jahre in der Wüste. Am Donnerstag lese ich das Buch über David, der Skateboard fährt. Das dauert zwölf Minuten. Freitag passiert gar nichts. Samstag, nichts. Sonntag, null, nada, nix.

Normalerweise würde mich das nicht stören. Ich mag es, mit meiner Teetasse in der Hand und in die Wolldecke eingemummelt zu zeichnen.

Aber jetzt fühlt sich das auf einmal total falsch an.

Was ist bloß los?

Montagfrüh liege ich im Bett und denke nach. Heute fahre ich zum Schwimmen ins Tøyenbad. Vor meinem inneren Auge sehe ich, wie ich am Beckenrand entlangrenne und mit einem Kopfsprung ins Wasser tauche. Wie mein Körper die Wasseroberfläche im perfekten Winkel trifft. Wie ich direkt über dem Schwimmbeckenboden entlangschwimme. Als ich auftauche, sitzt Frans da und staunt.

Er klatscht.

»Awesome! Ich hab noch nie so ’n mega Kopfsprung gesehen«, ruft er.

Die Worte klingen weich und seine grünen Augen strahlen.

»Danke«, sage ich, ziehe mich am Beckenrand hoch und setze mich neben ihn.

Da nimmt er meine Hand.

Und dann …

Ich flüchte aus dem Bett, klettere die Hochbettleiter so schnell wie möglich hinunter, laufe ins Bad und suche meinen Schwimmbeutel.

Die Taucherbrille.

Die Badeschuhe.

Meinen mintgrünen Badeanzug.

Das Einhornhandtuch.

Ich stürme ins Wohnzimmer.

»Du bist heute aber in Fahrt«, sagt Mama verwundert. Sie sitzt am Esstisch und liest Zeitung.

»Ist das Frühstück schon fertig?«, frage ich.

Heute ist kein Tag für lange Gespräche. Ich will einfach nur raus, raus, RAUS!

»Ich hab Porridge gemacht. Bedien dich ruhig. Obst ist auch noch da«, schlägt Mama vor. »Aber ich verstehe nicht, weshalb du es so eilig hast.«

Bedächtig nimmt sie einen Schluck aus ihrer Kaffeetasse.

»Ich fahr ins Tøyenbad, okay?«, antworte ich und haste in die Küche.

Auf dem Herd steht der Topf mit dem Porridge und blubbert vor sich hin. Ich ziehe einen Teller aus dem Regal und öffne den Kühlschrank.

»Du fährst schon wieder ins Tøyenbad?«, fragt Mama. »Allein?«

Sie ist mir in die Küche gefolgt und offenbar neugierig.

»Ich treffe mich mit den alten Freundinnen, okay?«, antworte ich und reiche Mama die Milch und die Blaubeeren.

Da lacht Mama. »Mach das ruhig, meine kleine Minirentnerin.«

Sie versucht, mich auf die Stirn zu küssen, aber ich drehe mich weg.

»Was meinst du damit?«, frage ich.

»Nur Rentner gehen morgens um sieben schwimmen. Um die Zeit sind keine Jugendlichen im Schwimmbad. Die schlafen noch. Und alle Erwachsenen sind bei der Arbeit oder im Urlaub.«

Plötzlich habe ich ein enges Gefühl in der Brust. Der Honig steht auf der Anrichte und die Bananen liegen bereit, aber ich habe keinen Hunger mehr. Ich stelle den Teller weg und schaue aus dem Fenster. Ein Güterzug rumpelt hinter dem Haus vorbei.

»Aber Liv«, sagt Mama. »Hab ich was Falsches gesagt? Bedrückt dich etwas?«

Mama versteht wie immer gar nichts.

»Nein«, sage ich und drehe mich weg. »Ich hab bloß keinen Hunger. Ich leg mich noch mal hin.«

Dann stapfe ich an ihr vorbei in mein Zimmer und werfe die Tür mit einem Knall ins Schloss. Ich setze mich aufs Sofa und kuschle mich in die Decke.

»Mensch, Liv«, sagt Mama durch die Tür. »Das war doch nicht so gemeint. Ich finde es wahnsinnig lieb von dir, dass du dich immer noch um Omas alte Freundinnen kümmerst. Ich bin mir sicher, dass sie das sehr zu schätzen wissen. Aber vielleicht wäre es auch schön, ab und zu was mit jemandem in deinem Alter zu unternehmen?«

Ich seufze.

»Ida wird nicht da sein, wenn die Schule wieder losgeht.«

Als ob ich das nicht selbst wüsste. Als ob ich nicht wüsste, dass ich in weniger als drei Wochen aufs Gymnasium komme. Als ob ich nicht wüsste, dass meine einzige wirklich gute Freundin jetzt in Bodø wohnt. Dass wir nicht mehr miteinander gesprochen haben, seit ich sie zu Beginn des Sommers besucht habe, und dass wir das vermutlich auch nie wieder tun werden.

Mama seufzt auf der anderen Seite der Tür.

»Ich muss los, Liv«, sagt sie. »Aber wir sehen uns zum Abendessen, ja?«

»Ja, klar«, sage ich.

Während der nächsten Stunde liege ich unter der Wolldecke und denke über das Reden nach. Mit Oma und Ida war es leicht. Ich musste nie darüber nachdenken, was ich erzählen sollte oder wie. Sie mochten mich so, wie ich bin. So ist es auch mit den alten Freundinnen. Aber ich weiß, dass es andere gibt, die finden, dass ich seltsame Sachen sage. Einmal musste ich zur Rektorin, weil ich ausgerechnet in dem Moment, als Tran zur Tür reinkam, gesagt hab, dass heute aber auch alle so was von trantütig seien. Dabei hab ich das überhaupt nicht böse gemeint. Oma hatte mir am Tag zuvor erklärt, dass trantütig bedeutet, dass jemand furchtbar langsam ist. Und an diesem Tag ging überhaupt nichts von der Stelle. Unser Mathelehrer hat die Aufgabe so behäbig erklärt, dass ich fast eingeschlafen bin, und als wir dann zum Sportunterricht aufbrechen sollten, dauerte es Jahre, bis alle ihre Taschen gepackt hatten. Sie WAREN trantütig. Aber das hat mir die Rektorin nicht geglaubt.

Wörter! Es ist so schwierig, die richtigen auszuwählen. Da ist es leichter zu zeichnen. Zeichnungen sind Erzählungen ohne Worte.

Nach einer Weile stehe ich auf. Ich frühstücke in aller Ruhe, bevor ich mich endlich anziehe und losgehe.

Es herrscht Chaos, als ich im Schwimmbad ankomme. Anscheinend geht heute ganz Oslo schwimmen. Ein Dreijähriger steht mitten in der Umkleidekabine und heult. Seine Mutter versucht vergeblich, ihn zu beruhigen und ihm gleichzeitig eine Schwimmwindel anzuziehen. Das klappt so mittelgut.

Ich schlängle mich zwischen den Leuten durch, nach hinten zu der Bank unter den Schränken. Dort schlüpfe ich aus dem Kleid, schließe meinen Schwimmbeutel ein und wickle mich in mein Handtuch. Dann gehe ich Richtung Dusche. Der Chlorgeruch brennt in meiner Nase.

Das Duschen mag ich am wenigsten am Schwimmengehen. Ich dusche immer ohne Badeanzug, denn ich habe beim Schwimmunterricht gelernt, dass sich das so gehört. Aber ich fühle mich furchtbar nackt. So, als würden mich alle anstarren. Am wohlsten fühle ich mich in der Sauna mit den alten Freundinnen, aber das muss bis nach dem Schwimmen warten.

Ich dusche in Rekordgeschwindigkeit und werfe mich in den Badeanzug. Bevor ich die Halle betrete, schiebe ich die Schwimmbrille auf den Kopf.

Es ist kein schöner Anblick, der mich erwartet. Wenn in der Umkleide völliges Chaos geherrscht hat, befinde ich mich hier in der Kriegszone. An den Sprungbrettern turnen Kinder. Niemand hält sich an die Schwimmrichtung in den Bahnen. Der Bademeister hat alle Hände voll damit zu tun, einen Streit um den riesigen Wasserball, in den man hineinklettern kann, zu schlichten.

Ich seufze und springe ins Becken. Während ich schwimme, denke ich an Wale. Daran, dass sie über viele tausend Kilometer hinweg miteinander kommunizieren. Und daran, dass sie die Stimme ihres Partners von der anderer Wale unterscheiden können. Dass sie fast drei Kilometer tief tauchen.

Als ich aus dem Wasser steige, fällt mir Frans wieder ein. Aber er ist nicht hier. Und obwohl ich kein Wal bin und wir definitiv nicht zusammen sind, bin ich mir ziemlich sicher, dass ich seine Stimme aus dieser Kakophonie heraushören könnte. Niemand lässt die Sätze so schwingen wie er.

Dann öffne ich die Saunatür zu den alten Freundinnen.

Der Dampf schlägt mir entgegen wie die Hitze, wenn man in einem warmen Land aus dem Flugzeug steigt.

»Hallo?«, frage ich vorsichtig. »Bunny? Frau Blix? Witwe Larsen?«

»Wir sind hier drüben!«, rufen Bunny und Frau Blix im Chor.

»WAS?«, krakeelt Witwe Larsen.

Da entdecke ich die drei alten Damen.

»Endlich«, sagt Bunny und lächelt.

»Wir dachten schon, du hast uns vergessen«, sagt Frau Blix streng. »Als deine Oma noch lebte, warst du immer um *Punkt* halb acht hier.«

»Entschuldigung«, sage ich. »Ich hatte einiges zu tun.«

»Dieser Skaterboy?«, fragt Bunny und stößt mich neckend in die Seite.

»Ja, oder nein«, sage ich. »Das ist alles ziemlich verzwickt.«

Da lacht Bunny laut. »Du bist das seltsamste Mädchen, das ich kenne.«

»Dem kann ich hundertprozentig zustimmen«, meint Frau Blix.

Aber sie zwinkert mir dabei mit einem Auge zu, um zu zeigen, dass sie es nicht böse meint.

Ich setze mich neben sie.

»Wie war es bei Hallgrim?«, fragt Witwe Larsen. »Hatte er ein Buch über Rollbretter für dich?«

»Ja, aber es ist noch etwas anderes passiert«, sage ich und wische mir mit dem Handtuch den Schweiß aus dem Gesicht. »Vor der Bücherei hab ich Frans getroffen.«

»What!«, ruft Bunny. »Das ist ja amazing!«

»Tja«, erzähle ich. »Das hätte es sein können. Wenn nicht die Jungsclique aus meiner Parallelklasse auch da gewesen wäre.

»Oje«, sagt Witwe Larsen.

»Hallgrim hat mich über den Hinterausgang rausgeschleust, sodass ich nicht an ihnen vorbeimusste.«

Bunny und Witwe Larsen mustern mich mit einem verständnisvollen Blick.

»Du brauchst einen Plan«, stellt Frau Blix fest. »Einen Plan, worüber du mit diesem Rollbrettjungen reden kannst. Dann musst du beim nächsten Mal keine Angst mehr haben.«

Sie fuchtelt mit ihrem Handtuch, als wäre sie der Dirigent bei den Philharmonikern.

»Ich habe keine Angst«, sage ich und klopfe gedankenverloren mit dem Fuß gegen die Holzbank.

»Nein, natürlich nicht. Du bist also nicht durch den Hinterausgang verschwunden, um ihn nicht zu treffen, sondern bist einfach rausspaziert und hast mit den Jungs aus der Parallelklasse gequatscht?« Frau Blix streckt mir ihr Gesicht weit entgegen.

»Ganz ruhig, Blix«, sagt Bunny.

»Also gut«, gebe ich zu. »Vielleicht habe ich schon etwas Angst.«

»That's good«, sagt Bunny. »Kourtney sagt immer, dass man wissen muss, wovor man Angst hat, denn dann kann man etwas dagegen tun. Und sie ist bekanntlich die Klügste der Kardashians.«

Bunny interessiert sich ein bisschen überdurchschnittlich für amerikanische Fernsehshows.

»Ich habe gar nicht so viel Angst vor Ulrik, glaube ich«, seufze ich. »Aber ich hab Angst, mich zu blamieren. Dass Frans rausfindet, dass ich eine Niete in Sport bin, und er mich dann nicht mehr mag.«

»Warum sollte er dich denn nicht mögen?«, fragt Bunny und legt ihre alte Hand auf meine.

Sie schaut mich mit ihren großen braunen Augen an.

»Ach, da ist bloß etwas, das Ulrik mal gesagt hat. Dass ich ausseh wie eine Oma.«

»WHAT?!?«, ruft Bunny. »Hat er schon mal eine Oma gesehen? Du bist doch frisch wie ein Pfirsich.«

Ihr SCH singt.

Frau Blix lacht laut. »Du solltest ihn fragen, ob er Winkfleisch kennt.«

»Was für 'n Fleisch?«, frage ich.

Da heben Frau Blix und Bunny ihre Arme in die Höhe. Sie schütteln die geballten Fäuste und rufen »Tadaa!«. Dabei schlackert die Haut an ihren Oberarmen vor und zurück, als würde sie winken.

»DAS ist Winkfleisch«, sagt Frau Blix und wischt sich die Lachtränen aus dem Gesicht. »Und den Titel *Oma* bekommst du erst, wenn du welches hast.«

Da muss ich auch lachen.

»Und wenn das nicht hilft«, fährt Frau Blix fort, »besorgst du dir Pfefferspray. So handhaben wir alten Omas das nämlich mit Typen wie diesem Ulrik. Bloß eine kurze Tour nach Schweden, da kannst du Pfefferspray kaufen. Und dann brauchst du dir um ihn keine Sorgen mehr machen.«

Die beiden alten Damen kichern albern.

Witwe Larsen hat das mit dem Winken nicht richtig mitgekriegt. Es scheint, als käme sie gerade erst wieder zu sich, denn plötzlich schaut sie mich ernst aus ihren blauen Augen an.

»Du musst eine Liste machen«, sagt sie eifrig. »Eine Liste mit Dingen, über die du mit ihm sprechen kannst, mit diesem Rollbrettjungen. Und dann musst du sie dir einprägen. So habe ich das in meiner Jugend gemacht. Mit Dag Olav hat das hervorragend funktioniert.«

»Aber …«, setze ich an.

»Schreib einfach eine Liste, Schätzchen. Dann sprechen wir uns am Mittwoch wieder«, ruft Witwe Larsen.

Als ich vom Schwimmen nach Hause komme, setzte ich mich mitten in meinem Zimmer auf den Boden. Dann hole ich das

Skizzenbuch aus meiner Tasche und schlage eine leere Seite auf.

Dinge, über die man mit Skatern reden kann:

Ich kaue an meinem Bleistift.

Null, nada, nix.

Mein Kopf ist völlig leer.

Dann blättere ich um und schreibe auf die nächste Seite:

Dinge, über die man NICHT mit Skatern reden kann:

- Alte Damen
- Bücherei
- Dass man Angst davor hat, mit Skatern zu reden.

Kapitel 7

Mamas Gesichtsausdruck erinnert mich an einen Fuchs. Sie sieht so verschmitzt aus, als sie nach Hause kommt, dass ich beinahe glaube, sie hätte heute mein Geburtstags- UND mein Weihnachtsgeschenk gekauft, aber sie hat keine Tüten dabei. Es muss etwas anderes sein.

»Was ist los?«, frage ich.

»Bei mir ist nicht besonders viel los«, antwortet Mama und gibt sich Mühe, normal zu wirken.

Das schafft sie nicht so gut.

»Aber vielleicht ist bei dir bald was los?« Sie geht ins Wohnzimmer.

Dort setzt sie sich in die äußerste Sofaecke und blättert so engagiert in der Zeitung, als hätte sie gerade erst entdeckt, dass es welche gibt.

Ich lege eine Hand auf die Zeitung und schaue Mama direkt in die Augen.

»Ernsthaft«, sage ich. »Was ist los?«

Da platzt es aus ihr heraus.

»Frans ist heute in der Mittagspause vorbeigekommen und hat erzählt, dass nächste Woche im Skatepark drüben an der Schule ein Kurs beginnt. *Gamleby Sport und Auszeit* heißt der Verein. Nein, Freizeit, *Gamleby Sport und Freizeit.* Frans soll wohl dabei helfen. Ein Typ, den er letztens kennengelernt hat, veranstaltet den Kurs. Es ist ein Wochenkurs für Kinder und Jugendliche, die Skateboardfahren lernen möchten.«

Mir verschlägt es fast die Sprache.

»Ich dachte mir also, du könntest dein Geburtstagsgeschenk dieses Jahr etwas früher bekommen.«

Mama kann gar nicht mehr stillsitzen.

»WAS?«, frage ich.

»Ja«, sagt Mama. »Ich habe einen Platz für dich gebucht. Der Kurs fängt Montag an. Ist doch gut, in der letzten Ferienwoche was zu tun zu haben, oder?«

Da fange ich an zu weinen. Ich schaffe es nicht, die Tränen zurückzuhalten. Ich krame in der Tasche meines Kleids nach dem Taschentuch, auf das Oma meinen Namen gestickt hat, und wische meine Augen trocken.

»Aber Liv«, sagt Mama. »Ich dachte, du würdest dich freuen?«

Sie betrachtet mich verwundert.

Ich unterdrücke einen Schluchzer. Mama darf auf keinen Fall merken, was für eine Heidenangst ich habe.

»Äääh …«, sage ich. »Ich weiß nicht genau, wie's mir geht, aber freuen ist irgendwie anders.«

Schließlich gehe ich in mein Zimmer und ziehe die Tür hinter mir zu. Mein Herz hämmert in der Brust. Der Puls pocht mir in den Ohren. Ich habe einen salzigen Geschmack nach Tränen im Mund. Was ist bloß mit Mama los? Ist sie total verrückt geworden?

Niemals werde ich mich trauen, Skateboard zu fahren.

Das ist total beängstigend und sicher auch ein bisschen gefährlich.

Und was, wenn ich mich vor Frans blamiere?

Nein, das ist alles nicht zum Aushalten!

An diesem Abend kann ich nicht einschlafen. Die Gedanken wandern ruhelos durch meinen Kopf. Warum, verdammt noch mal, habe ich nicht einfach gleich Nein gesagt? Nein, danke, hätte ich sagen können. Und dann hätte Mama Ruhe gegeben.

Aber gleichzeitig denke ich an Frans. Wie schön es wäre, ihn eine ganze Woche lang jeden Tag zu sehen. Es gibt so viel, worüber ich gern mit ihm reden würde. Über Skateboarden und Zeichnen, über das Fliegen.

Aber nein.

Wenn ich am Skateboardkurs teilnehme, werde ich sterben. Hundertprozentig.

Ich wälze mich im Bett hin und her. Auch den Kopf unter das Kissen zu legen hilft nicht. Meine Gedanken kreisen immer noch.

Ich schiebe das Kissen weg, schaue zur Decke hoch und frage mich, was Oma tun würde.

Ich warte mit dem Aufstehen, bis ich höre, wie Mama die Wohnungstür ins Schloss zieht. Sie hat heute Nachtschicht. Ich hatte schon lange vor, die alten Sachen von Oma durchzuschauen. Alles, was sie mit im Altenheim hatte, lag bisher unausgepackt in Umzugskartons in meinem Zimmer. Und wenn ich ohnehin nicht schlafen kann, lässt sich auch etwas Vernünftiges mit der Zeit anfangen.

Falls ich heute Nacht fertig werde, kaufe ich mir später in dem kleinen Supermarkt an der Ecke Marmorkuchen zum Frühstück, denke ich. Der Gedanke hebt meine Laune sofort.

Ich öffne den ersten Karton. Staubkörner tanzen um mich herum, als ob ich mitten in einer riesigen Schneekugel stehen würde. Ich ziehe ein altes Foto hervor. Es zeigt Oma, als sie noch jung war. Sie steht im Korb unter einem Heißluftballon und grinst zusammen mit ein paar anderen tapfer in die Kamera. Keine Ahnung, wer das ist. Aber ich weiß, dass das Bild aufgenommen wurde, als Oma in Afrika war.

Mit dem Unterarm wische ich den Staub weg und lege das Foto auf meinen Schreibtisch. Dann stecke ich den Arm wieder in den Karton und greife nach etwas, das sich wie Seide anfühlt. Als ich es herausziehe, erkenne ich, dass es Omas rotes Bauchtanzkostüm ist.

Ich muss grinsen.

Das ist so typisch für Oma. Sie war überhaupt nicht schlank oder gelenkig. Trotzdem hat sie eines Tages beschlossen, sich zu einem Bauchtanzkurs anzumelden. Und von da an ging sie einmal in der Woche dorthin – bis sie im Frühling ins Altenheim kam.

Ich klettere in das riesige rote Kostüm. Die Steine glitzern im Licht der Deckenlampe. Der Stoff riecht noch nach Oma. Zigarillos und Trésor von Dior. Omageruch. Vom Fenster weht ein Luftzug ins Zimmer und wiegt die Gardinen leicht hin und her.

Oma war mutig, denke ich. Sie war eine, die sich Dinge getraut hat. Oma hätte sich bestimmt zum Skatekurs angemeldet.

Ich steige aus dem Bauchtanzkostüm und schnuppere ein letztes Mal daran, bevor ich es in die Kiste mit den Halloweensachen lege.

Dann treffe ich meinen Blick im Spiegel auf der Innenseite des Kleiderschranks.

Verflixt noch mal, denke ich. Ich kann doch nicht bis zum Abitur drinnen sitzen und Kniffel spielen. Ich werde an diesem Kurs teilnehmen. Wenn es ein Griff ins Klo ist, habe ich es wenigstens versucht und falls ich mich zum Affen mache, kann ich immerhin ein Buch darüber schreiben. Oma hat immer gesagt: »Aus den größten Katastrophen entstehen die besten Bücher.«

Draußen ist die Nacht vom Himmel gefallen. Die Dunkelheit

wirkt jetzt weich und wohlig wie dichter feiner Samt über meinen Augen. Ich muss lächeln. Ich weiß doch, was Oma getan hätte. Sie hätte sich angemeldet.

Dann krieche ich wieder ins Bett.

Kapitel 8

Als ich am nächsten Morgen ins Wohnzimmer komme, sitzt Mama auf ihrem Stammplatz am Esstisch.

»Hallo, Mama«, sage ich vorsichtig lächelnd.

»Nanu, hat sich das Blatt gewendet?« Sie schaut mich aufmerksam an.

»Ich hab über den Skatekurs nachgedacht.«

Ich trete leicht gegen den Türrahmen.

»Ja?« Mamas Blick ist abwartend.

»Ich glaube, ich habe Lust, mitzumachen.«

Mama sieht aus, als hätte sie gerade im Bingo gewonnen.

»Wie schön, mein Schatz.«

»Müssen wir vorher noch ein Skateboard und die Schutzausrüstung besorgen?«

»Nein«, sagt Mama. »Ich hab Frans so verstanden, dass ihr die komplette Ausrüstung beim Verein leihen könnt. Wie hieß der nochmal?«, fragt sie dann und starrt vor sich hin. »*Gamleby Spiel und Freizeit?*«

»*Gamleby Sport und Freizeit*«, berichtige ich.

»Genau«, sagt Mama. Sie nippt an ihrem Kaffee.

»Vielleicht sollte ich noch etwas mehr über den Kurs herausfinden«, sage ich und gehe in die Küche.

Mama hat einen Teller, eine Banane und Zimt auf die Anrichte gestellt. Ich kratze den restlichen Porridge aus dem Topf und nehme mein Frühstück mit ins Wohnzimmer.

»Du könntest ja heute beim Verein vorbeigehen«, schlägt Mama vor und faltet die Zeitung zusammen. »Dann kannst du selbst mit dem Zuständigen sprechen.«

Ich schlinge den Porridge in einem Happs hinunter und packe, so schnell ich kann, meine Sachen. Laut Google Maps liegt das Gelände von *Gamleby Sport und Freizeit* gleich bei der Schule. Das sind nur fünf Minuten von hier, unter der Eisenbahnlinie durch und dann ein Stück an der St. Halvards Gate entlang. Aber es ist eine Sache, laut zu sagen, was man vorhat, und eine andere, es auch wirklich zu tun.

Noch nie hat sich ein Weg weiter angefühlt.

Es ist komisch, einen Schulhof zu betreten, den man in den vergangenen sieben Jahren fast jeden Tag betreten hat. Ihn zu überqueren und zu wissen, dass diese Zeit in zwei Wochen Geschichte ist. Dann gelten neue Regeln. Neue Leute, mit denen man sich arrangieren muss. Gymnasiumsleute.

Das Leben auf dem Schulhof ist wie das Leben in der Savanne, denke ich, fressen oder gefressen werden.

Zum Glück sind die Hyänen heute ausgeflogen.

Schnell laufe ich weiter, auf das Haus zu, in dem ich den Skateclub vermute. Es ist gelb und wirkt herrschaftlich. Ich öffne das Tor und gehe zögernd auf die Haustür zu. Jemand hat einen Aufkleber an die Klingel geklebt, auf dem GSF steht. Das heißt vermutlich *Gamleby Sport und Freizeit*, denke ich und klingle.

Es knackt in der Gegensprechanlage.

»Findet hier der Skateboardkurs statt?«, frage ich laut.

»Zweite Etage«, sagt die knisternde Stimme.

Ich drücke die summende Tür auf und gehe die Treppe hinauf. Das Treppenhaus ist riesig. Als ich den Kopf in den Nacken lege, entdeckte ich eine Dachkuppel aus rotem und blauem Glas. Das Haus erinnert eher an eine altmodische Filmkulisse als an einen Skateclub. Aber als ich den zweiten Stock erreiche, steht auch dort GSF an der Tür.

Nervös drücke ich auf die Klingel.

Ein glatzköpfiger Mann mit einer großen Brille öffnet die Tür und lächelt mich an. Er ist ein wenig jünger als Mama.

»Hallo«, sagt er. »Ich bin Asbjørn.«

»Hi«, sage ich. »Liv Carlsen.«

»Ich hab nicht richtig verstanden, was du eben gesagt hast. Die Gegensprechanlage ist beschissen.«

Die großen Augen hinter den Brillengläsern sehen mich an.

»Findet hier der Skatekurs statt?«, frage ich und räuspere mich.

»Ja, da bist du richtig.«

»Ich hab noch ein paar Fragen«, fahre ich fort.

»Na klar«, sagt er und öffnet die Tür. »Komm rein, dann können wir uns in Ruhe unterhalten.«

Die Wohnung wirkt wie aus einer anderen Welt. Die Wände sind mit Konzertplakaten und alten Skateboards gepflastert. Ein signiertes Foto, auf dem ein Typ hoch über einer Rampe schwebt, hängt wie eine Jagdtrophäe über dem Sofa.

»Was willst du wissen?«, fragt der Mann, der sich als Asbjørn vorgestellt hat.

Er lässt sich auf das riesige Sofa fallen.

»Ist der Kurs für normale Menschen gedacht?«, frage ich und setze mich auf die äußerste Kante eines Stuhls.

»Für normale Menschen?«, wiederholt der Mann.

»Für solche, die noch nie Rollbrett gefahren sind.«

Da lacht Asbjørn. Es ist kein fieses Lachen, sondern ein warmes, kehliges, das den kleinen Skateboardanhänger an seinem Ohr zum Schaukeln bringt. Dann fängt er sich und schaut mich ernst an.

»Genau für die«, sagt er. »Es ist ein Skateboardanfängerkurs.«

Nur alte Omas sagen Rollbrett, denke ich. Deshalb hat er gelacht. Verflixt, ich muss mich echt zusammenreißen. Im Skatekurs will ich nicht schon wieder die Minirentnerin sein.

»Ich brauche also kein eigenes Skateboard?«, hake ich nach.

Er lächelt wieder.

»Ein Skateboard und Knieschoner kannst du vom Verein leihen«, sagt er. »Aber du musst dir einen eigenen Helm und Handgelenkschoner besorgen.«

»Okay«, sage ich. »Helm und Handgelenkschoner.«

So langsam schaffe ich es wieder, ganz normal zu atmen. Asbjørn kommt mir nicht besonders bedrohlich vor. Im Gegenteil, er sieht aus wie ein freundlicher Aushilfslehrer.

»Das war's eigentlich auch schon«, sage ich und stehe vorsichtig auf.

»Anytime, Liv«, sagt er und grinst.

Wir gehen zurück in den Flur und er öffnet die Wohnungstür.

»Das war deine Mutter, mit der ich gestern gesprochen habe«, meint er. »Oder?«

»Ja«, antworte ich und seufze. »Sie ist immer für eine Überraschung gut.«

Da lacht Asbjørn wieder.

»Du bist ziemlich komisch«, sagt er.

Ich muss an Frans denken. Frans hätte *funny* gesagt. Das hat er an dem Abend bei Munchies erzählt. Dass *funny* witzig heißt, aber auch merkwürdig bedeuten kann. Bei *komisch* ist es genauso.

In meinem Bauch kribbelt es.

Ich bin schon halb die Treppe hinunter, als ich die letzte Frage stelle. Die, die genau genommen die wichtigste ist:

»Wie viele Leute machen eigentlich mit?«

Ich drehe mich um und schaue zu dem sonderbaren Mann mit seiner großen Brille und dem kahlen Schädel hoch.

»Sechs«, sagt er. »Vier Mädchen und zwei Jungs.«

»Heißt einer der Jungs zufällig Ulrik Jansen?«, frage ich.

»Nope«, sagt Asbjørn.

»Gut.« Ich atme aus.

Da beugt sich Asbjørn leicht vor.

»Ulrik ist so ein Typ, der es cool findet, ein Skateboard zu *tragen*, wenn du verstehst, was ich meine«, sagt er und zwinkert mir zu.

»Ich glaube schon«, antworte ich grinsend.

»Bis bald, Liv«, sagt er.

Ich laufe die Treppe hinunter und fühle mich so leicht wie lange nicht mehr. Ungefähr so wie Ende Juni, als ich meine Schultasche zum letzten Mal vor den Ferien in die Ecke gepfeffert habe.

Ich stürze aus der Haustür.

»Wow, whazzup?«, höre ich plötzlich eine Stimme, die das »Z« weich schwingen lässt.

FRANS! Mit den Armen voller Skateboards steht er vor mir. Mein Herz setzt kurz aus, bevor es so schnell zu pochen beginnt wie nie zuvor. Mir wird warm bis in die Fingerkuppen.

»Hi!«, sage ich.

»Hi!«, sagt Frans. »Wo kommst du denn her?«

»Ach, ich hatte bloß ein paar Fragen zum Kurs.«

»Nice«, sagt er und greift nach, damit die Skateboards nicht ins Rutschen kommen.

Eine Schweißperle rinnt von seiner Schläfe auf sein T-Shirt.

»Ich helfe Asbjørn, die Boards für den Kurs in Ordnung zu bringen. Hab sie gerade von Preben abgeholt.«

Frans redet wie ein Wasserfall.

»Du machst auch mit, oder?«

Seine grünen Augen schauen mich fragend an.

»Jooa«, sage ich zögerlich.

»Komm schon«, sagt Frans und schüttelt den Kopf. »Klar machst du mit. Und dann zeigst du deiner Freundin, Oda oder wie sie heißt, dass du skaten kannst. Das wird übelst lässig, wirst schon sehen.«

Seine grünen Augen hypnotisieren mich beinahe.

Oh Frans, denke ich. Wenn du wüsstest. Wenn du wüsstest, wie unglaublich wenig Lust ich habe, auf die Schnauze zu fliegen. Und wenn du wüsstest, wie unglaublich schwierig es ist, dir etwas abzuschlagen. Dem einzigen Jungen auf der Welt, mit dem ich gerne rede.

»Okay.« Ich streiche mir eine Haarsträhne hinters Ohr. »Klar bin ich dabei.«

»Puuuh!«

Er atmet aus und lehnt die Skateboards gegen die Hauswand.

»Dann kenn ich jetzt wenigstens schon eine Teilnehmerin.«

Er grinst frech wie ein Otter und drückt die Klingel, die zu *Gamleby Sport und Freizeit* gehört. Die Gegensprechanlage knarzt und der Türöffner summt.

»Kannst du die Tür für mich aufhalten, Dude?«, fragt er.

»Kein Ding«, sage ich und drücke sie auf.

Es riecht gut, als er an mir vorbeigeht. So ein Jungsgeruch.

»Bis Montag, Liv!«, ruft Frans.

Er steht auf dem Treppenabsatz und nickt mir zu.

»Bis dann!«, sage ich und schließe die Tür.

Als ich nach Hause komme, macht Mama gerade den Abwasch. Ich gehe direkt zu ihr hin und umarme sie.

»Danke, dass ausgerechnet du meine Mutter bist«, sage ich.

Sie schaut mich erstaunt an. Schaum tropft von ihren gelben Gummihandschuhen.

»Gern geschehen, mein Schatz«, sagt sie und drückt mich.

Ich lasse sie los.

»Und ich freue mich auf den Kurs«, verkünde ich und öffne die Kühlschranktür.

»Wirklich?«, fragt Mama. Ihr Gesicht hellt sich auf.

»Ja, ich glaube, das wird mir Spaß machen. Ich glaube, ich muss es einfach nur ausprobieren.«

»Du *musst* gar nichts, Liv«, sagt Mama.

»Aber ich hab Lust dazu«, widerspreche ich. »Ich war mir

bloß nicht sicher, ob ich mich traue. Aber jetzt bin ich mir sicher.«

Danach sprechen wir nicht weiter über Mamas besonderes Geburtstagsgeschenk.

Kapitel 9

Montagmorgen wache ich davon auf, dass Mama zaghaft an die Tür klopft.

»Liv?«, fragt sie. »Bist du wach?«

Ich setze mich im Bett auf.

»Bin ich«, antworte ich. »Ich komme gleich!«

Schlaftrunken klettere ich vom Hochbett.

Als ich aus meinem Zimmer komme, steht Mama im Flur und tritt von einem Bein aufs andere. Sie sieht so besorgt aus, wie es nur Erwachsene können.

»Du musst nicht zum Skatekurs, wenn du nicht magst. Ich kann Asbjørn anrufen und absagen.«

»Schon gut«, sage ich und marschiere Richtung Bad.

»Bist du ganz sicher?«, fragt Mama. Sie schaut mich entschuldigend an.

»Schon gut«, wiederhole ich.

»Wirklich, ich kann Asbjørn anrufen.«

»Schon GUT.« Ich ziehe die Tür hinter mir zu.

Heute ist DER Tag. Der Tag, an dem ich zum allerersten Mal

skaten muss. Und der Kloß in meinem Hals wächst. Ich betrachte mein Spiegelbild. Meine Augen sind rot. Das Gesicht nach einer schlaflosen Nacht aufgedunsen.

»Alles wird gut«, sage ich zu meinem Spiegelbild, obwohl ich weiß, dass ich mich selbst anlüge.

Dann spritze ich mir drei Ladungen Wasser ins Gesicht, weil Oma mal gesagt hat, das bringe Glück. Ich ziehe das rote Kleid mit den weißen Blumen an, denn das habe ich beim ersten Treffen mit Frans getragen. Schließlich lege ich die Kette mit dem goldenen Elefanten um. Ich brauche heute so viel gutes Karma wie möglich.

Mama und ich frühstücken schweigend. Eine halbe Stunde später brechen wir auf.

Schon nach fünf Minuten sind wir am Skatepark. Durch das Tor zu gehen fühlt sich an, wie die Tür zu einer geheimen Welt zu öffnen. Eine Welt, zu der Frauen wie Mama und Mädchen wie ich normalerweise keinen Zugang haben.

»Das grenzt ja an Kunst!« Mama zieht die Augenbrauen hoch, als sie die schreiend bunten Betonwände entdeckt.

Das mit der Kunst sagt sie immer, wenn sie sich nicht sicher ist, ob ihr etwas gefällt.

Ich kann gerade noch denken, dass ich wahrscheinlich dasselbe sagen werde, wenn ich erwachsen bin, da fällt mein Blick auf Frans. Er gefällt mir definitiv. Er grenzt nicht an Kunst, er ist perfekt.

Ich will schon zu ihm gehen, als ich die vier fremden Mädchen bemerke, die ihn umringen. Scheint so, als würden auch sie auf grüne Augen und blonde Haare stehen. Und auf Nasen mit einem kleinen Höcker. Denn sie saugen Frans beinahe in sich auf. Eine nach der anderen.

Ich starre auf meine weißen Sandalen.

Oh Mist, denke ich.

»Liv!«, ruft Frans da.

Ich blicke auf.

Er winkt mich zu sich.

Die vier Mädchen schauen mir mürrisch entgegen.

Ich umklammere den goldenen Elefanten, gucke zu Mama. Sie lächelt und winkt Frans zu.

»Bis heute Nachmittag, mein Schatz«, sagt sie mit Stolz in den Augen.

Ich schlucke.

Ein kleiner Teil von mir will laut rufen: NEEEEIN! Ich will nicht! Ich will nach Hause. Ich will nach Hause und Marmorkuchen essen und Kniffel spielen und nie, nie, nie wieder rauskommen. Aber da ist auch der andere Teil von mir. Der Teil, der so unerschrocken sein will, wie Oma es war. Der Teil, der sich getraut hat, im Restaurant mit Frans zu reden. Der Teil, der Gott angefleht hat, es möge etwas passieren. Der winzig kleine Teil von Liv Carlsen, den man vielleicht Abenteuerlust nennen könnte. Dieser Teil ist es, der Mama antwortet: »Ja, wir sehen uns später!«

Dann gehe ich zu Frans und den Mädchen. Das Mädchen links von ihm ist klein, hat lange blonde Haare und blaue Augen. Sie sieht aus wie Barbies jüngere Schwester.

»Lise«, sagt sie und lächelt schüchtern.

Mädchen Nummer zwei hat dunkelbraune gewellte Haare und große mandelförmige Augen. Sie ist so schön, dass es wehtut.

»Jasemin«, stellt sie sich vor.

Mädchen Nummer drei hat rote Haare und fast genauso grüne Augen wie Frans.

»Åsta«, sagt sie und wirft ihre langen Locken zurück.

Ich habe Bauchweh. Dabei bin ich noch nicht mal bis zu Mädchen Nummer vier gekommen, das wirkt wie aus einer Modezeitschrift ausgeschnitten. Ein Top mit Leopardenmuster. Lange pechschwarze Haare unter einer Baseball-Cap. Ihre Lippen glitzern im Sonnenschein.

»Melissa.« Sie streckt mir die Hand hin.

Als ich sie ergreife, habe ich Angst, sie zu zerquetschen, so filigran scheint sie.

»Liv«, piepse ich. »Liv Carlsen.«

In diesem Moment taucht endlich Asbjørn aus einem Schuppen am anderen Ende des Geländes auf. Er hat zwei kleinere Jungs im Schlepptau. Einen, Wasim aus der 5c, kenne ich. Den Zweiten habe ich noch nie gesehen, aber er wirkt viel jünger als wir anderen. Alle drei schleppen Skateboards. Zuerst scheint es nicht so, als würde Asbjørn bemerken, dass die Gruppe Zuwachs bekommen hat, aber dann hält er in der Bewegung inne. »Ah, Liv, schön, dass du da bist. Wunderbar!«

Mit zwei langen Schritten ist er bei uns. Wasim und der andere Junge folgen ihm. Vorsichtig lässt Asbjørn die Skateboards zu Boden gleiten.

»Ausgezeichnet«, sagt er und schiebt seine Brille hoch. »Habt ihr alle eure Ausrüstung dabei?«

Die Schutzausrüstung! Die Erkenntnis trifft mich wie ein Schlag. Verstohlen schiele ich von Melissa zu Åsta, von Jasemin zu Lise, von Wasim zu dem kleinen Jungen. Alle haben nicht nur Knieschoner vom Verein geliehen, sondern auch einen Helm und Handgelenkschoner dabei. Sie sehen aus, als würden sie schon ihr Leben lang skaten.

Oh Mann, das ist so typisch!

Natürlich habe ich vergessen, Mama zu sagen, dass wir Schutzkleidung kaufen müssen. Das zufällige Treffen mit Frans hat mich so durcheinandergebracht, dass ich alles vergessen habe, was Asbjørn mir erzählt hat.

Schweißperlen treten auf meine Stirn. Hinter den riesigen Brillengläsern ruhen Asbjørns sanfte Augen auf mir.

»Ich hab vergessen, dass wir einen Helm und Handgelenkschoner besorgen sollten«, flüstere ich.

Asbjørn legt mir eine Hand auf die Schulter.

»Ich spreche heute Nachmittag mit deiner Mutter, dann sehen wir weiter. Okay?«

»Okay«, flüstere ich.

An diesem Tag sitze ich am Rand und schaue zu. Im Skatepark ist es nicht erlaubt, ohne Helm zu fahren. Die anderen flitzen über den Platz. Melissa sieht aus, als würde sie schon ewig skaten. Åsta und Lise tun sich etwas schwerer. Jasemin ist vor allem mit ihrem Handy beschäftigt, während die beiden Jungs Spaß zu haben scheinen. Die Sonne brennt vom Himmel. Es riecht ein bisschen zu süß nach vier Mädchen, die versuchen, einem Skater mit schiefer Nase zu imponieren.

Aber ab und zu streift mich ein Hauch von einem anderen Geruch. Ein besonders schöner Geruch, ein Jungsgeruch.

Dann schaue ich auf.

Und ziemlich oft schauen seine grünen Augen zurück.

Nach der Mittagspause krame ich mein Skizzenbuch und den Bleistift aus meinem Jutebeutel. Ich fange mit den Augen an. Ich fange immer mit den Augen an. Wenn eine Zeichnung Seele haben soll, muss man damit beginnen. Schließlich sind es die Augen, auf die der Blick zuerst fällt. Den ganzen Frühling über habe ich geübt, Augen zu zeichnen. Das ist gar nicht so leicht, denn die Oberfläche eines Auges spiegelt und die Form ist von Mensch zu Mensch unterschiedlich. Ich habe viel Zeit damit verbracht, Leute in der Straßenbahn zu beobachten. Die Augen mancher Menschen stehen eng zusammen, bei anderen liegen sie weit auseinander. Manche haben hervorstehende Augen, bei anderen liegen die Augen tief in den Höhlen. Manche Leute starren mit leerem Blick vor sich hin, andere schauen einen an und ihr Blick umfasst die ganze Welt.

Die Augen verraten, was für ein Mensch jemand ist. So wie der Strich den Zeichner offenbart.

Plötzlich schreckt mich ein herzzerreißender Schrei auf. Er kommt von der Rampe.

Ich schaue mich um.

Die anderen stehen in einem Kreis am anderen Ende des Skateparks.

Ich laufe zu ihnen. Und dort, in der Mitte der Gruppe, liegt das Mädchen mit den langen hellen Haaren und krümmt sich vor Schmerzen. Sie umklammert ihr Handgelenk.

»Lise«, sagt Asbjørn und beugt sich über sie. »Ich ziehe dir jetzt deinen Handgelenkschoner aus, um herauszufinden, wie es darunter aussieht.«

Sie schnappt nach Luft, als Asbjørn tut, was er angekündigt hat.

Die anderen Mädchen ziehen sich zurück.

»Okay«, sagt Asbjørn. »Das ist leider ein Fall für den Arzt. Da lässt sich nichts machen. Frans, kannst du hier aufräumen?«

Melissa flüstert Jasemin etwas ins Ohr. Es sieht fast so aus, als grinsten die beiden, aber dann nehmen sie sich zusammen und verziehen angemessen mitleidig die Gesichter.

»Alright!«, sagt Frans und kratzt sich am Kopf. »Mach ich.«

Asbjørn hilft Lise auf. Halb trägt, halb stützt er sie auf dem Weg zum Tor. Sie schluchzt laut.

Meine Gedärme verschlingen sich ineinander. Wir werden alle sterben, denke ich.

Aber bevor ich weitergrübeln kann, zerschneidet eine Stimme die Stille.

»Kein Wunder, dass sie hingeflogen ist, so wie sie mit ihrem Ebay-Kleinanzeigen-Skateboard angegeben hat.«

Es sind die Lipgloss-Lippen, die das sagen.

Jasemin nickt dazu und grinst breit.

Åsta bewegt sich wie unter Schock. Wasim und der kleine Junge sehen aus wie Fragezeichen.

»Ähm«, sagt Frans. »Ich glaube kaum, dass Lise sich deshalb das Handgelenk verstaucht hat. Das ist 'n typisches Skaterding, das passiert selbst den Erfahrenen. Und die haben alle gut eingefahrene Boards.«

Die Vokale im letzten Wort klingen amerikanisch breit und dulden keine Widerrede.

»Oh, Frans«, haucht Melissa. »Du bist so lieb.«

Aus ihrer Stimme tropft Verlogenheit.

Und bevor ich richtig mitbekomme, was passiert, küsst sie ihn auf die Wange, dreht sich um und nimmt Jasemin an der Hand. Kichernd laufen die beiden aus dem Park.

Mein Herz ist leer. Wie ein verlassenes Haus.

Kapitel 10

Nach dem Skatekurs gehe ich gleich nach Hause. Ich stürme die Treppen hoch, während ich darüber nachdenke, was passiert ist. Miese Melissa mit ihrem Glitzerlipgloss. Idiotische Melissa mit ihrer schneidenden Stimme und ihrer Baseball-Cap. Oberflächliche Melissa mit ihrem Leopardenmuster-Top.

Was gibt ihr das Recht, Frans zu küssen?

Sie hat ihn nicht mal gefragt, ob er das will.

Das ist TOTAL ungerecht.

Kaum bin ich durch die Wohnungstür, marschiere ich auch schon ins Badezimmer und werfe meinen Badeanzug, meine Schwimmbrille und das Handtuch ins Schwimmnetz.

Warte nur, Melissa, bis ich den alten Freundinnen alles erzählt hab!

Im Schwimmbad ist es heute zum Glück nicht so voll. Wie erwartet finde ich die alten Damen in der Umkleidekabine. Schließlich ist Montag. Witwe Larsen zieht gerade ihre Stützstrümpfe an, während Frau Blix vor dem Spiegel steht und

Lockenwickler in ihre Haare dreht. Bunny sitzt, in ein riesiges Handtuch gewickelt, auf der Bank. Von Weitem erinnert mich die Szene an eine Karte mit gelben und grünen Flecken inmitten des blauen Meers. Vielleicht sind es die Kanarischen Inseln? Dorthin fährt Bunny jeden Winter.

Ich setze mich neben sie auf die Bank.

»Kennen Sie das? Sie denken, Ihr Leben könnte nicht schlimmer werden, aber dann passiert etwas und Sie merken: Hm. Vielleicht geht's doch noch schlimmer?«

»Oh, Sugar«, sagt sie und schaut mich mitfühlend an. »Was ist passiert?«

Und dann erzähle ich den alten Freundinnen vom Skatekurs. Davon, dass ich vergessen habe, Schutzkleidung zu kaufen, von Lise und ihrem verletzten Handgelenk.

Aber vor allem erzähle ich von Melissa.

»Melissa ist so ein Mädchen, das alle eigentlich hassen. Aber niemand sagt was, weil sie so irre cool ist, verstehen Sie?«, berichte ich. »Wahrscheinlich kann sie deshalb einfach küssen, wen sie will. Keiner traut sich, Nein zu sagen. Vielleicht sollte ich besser aufgeben.«

Ich sacke in mich zusammen.

»Na, na«, sagt Frau Blix und setzt sich neben mich. Sie ist nicht gerade eine Weltmeisterin im Trösten. »Wir haben alle schon erlebt, dass uns eine andere den Jungen weggeschnappt hat, in den wir verliebt waren. So ist das Leben nun mal, leider.«

VERLIEBT, denke ich. BIN ICH VERLIEBT?

»Wovon sprechen Sie?«, frage ich und schaue Frau Blix mit großen Augen an.

»Ich werde nie den Tanztee 1962 in Mo vergessen«, sagt Witwe Larsen plötzlich. »Anne Gunn meinte, sie könnte sich Dag Olav sichern, bloß weil sie Cha-Cha-Cha tanzen konnte. Aber sie hatte nicht damit gerechnet, dass ich Tango kann!«

Ihre Stimme verschwimmt in dem Nebel in meinem Kopf. Was hat Frau Blix eben gesagt?, denke ich. Ich bin doch nicht in Frans verliebt. Oder?

Dann erinnere ich mich an unser erstes Zusammentreffen. Wie die Welt stillstand, als sich unsere Augen trafen. Dass ich seinen Blick festhalten wollte. Wie zittrig ich später war. Und dass ich die ganze Nacht wach gelegen habe.

Alle Symptome passen.

Oh nein.

»Ich bin in Frans verliebt«, flüstere ich. »Oder?«

Mein Blick wandert von Bunny zu Frau Blix und weiter zu Witwe Larsen.

»Yep«, sagt Bunny. »I am afraid so.«

»Ach, Bunny. Dass du aber auch immer so dramatisch sein musst«, fällt ihr Frau Blix ins Wort. »Das ist doch keine Katastrophe. Wir haben das alle hinter uns. Vergiss nicht, auch wir waren mal junge Mädchen.«

Sie ist gerade dabei, einen Lockenwickler auf ihrem Kopf zu befestigen, aber ihr Blick im Spiegel ruht auf mir.

»Ich kann nicht behaupten, eine große Schönheit gewesen zu sein«, fährt sie fort und räuspert sich. »Aber ich hatte ein paar Asse im Ärmel. Und ich bin mir sicher, dass das auch auf Bunny und Margrethe zutrifft.«

Bunny sieht mich mit ihren großen warmen Augen an.

»You have to beat Melissa at her own game.«

»Was bedeutet das?«, frage ich.

»Das bedeutet, dass du Melissa beobachten und ihre Masche herausfinden musst. Dann nutzt du dein Wissen, um sie zu schlagen. Sozusagen mit ihren eigenen Waffen«, sagt Frau Blix. »Verliebtsein ist ein bisschen wie Kniffel. Manche würfeln gleich Full House, andere mühen sich ab, genügend Einer für den Bonus zusammenzukratzen. Aber wenn du erst gar nicht mitspielst, kannst du auch nicht gewinnen. Verstehst du, was ich meine?«

Witwe Larsen lacht ihr gutmütiges Lachen.

Ich glaube, ich verstehe, was Frau Blix meint. Manchmal hat man Glück, aber meistens muss man sich anstrengen. Und ich bin normalerweise eine, die sich Dinge erarbeiten muss. So war es jedenfalls mit dem Zeichnen. Und mit dem Schwimmen.

Jetzt bin ich in Frans verliebt. Und wenn ich ihn haben will, muss ich Melissa schlagen. Mit Spielen kenne ich mich jedenfalls aus. Beim Kniffel habe ich Oma und Ida regelmäßig zerschmettert. Um von Mau-Mau gar nicht erst zu sprechen.

Melissa mit ihren eigenen Waffen schlagen, denke ich, Melissa schlagen.

Als die alten Freundinnen fertig sind, gehe auch ich. Mir ist heute nicht nach Schwimmen. Ich habe andere Pläne für den Abend.

»Hey-hey!«, ruft Mama aus der Küche, als ich die Wohnungstür aufschließe.

Sie schält gerade eine Avocado.

Melissa mit ihren eigenen Waffen schlagen, denke ich, Melissa schlagen.

Im Flur ziehe ich meine Sandalen aus, dann gehe ich zu Mama in die Küche.

»Hallo«, sage ich.

»Wie war der Kurs?«, fragt Mama.

»Ganz okay«, antworte ich. »Hat Asbjørn sich bei dir gemeldet?«.

Mama schaut auf.

»Asbjørn vom Skatekurs?«, fragt sie.

Ich nicke.

»Nein«, sagt sie. »Warum denn?«

»Ich brauche einen Helm und Handgelenkschoner«, erkläre ich. »Ohne darf ich nicht aufs Skateboard. Und bloß keinen billigen Scheiß, okay?«

Mama schaut mich verwundert an.

»Also gut«, sagt sie dann. »Aber lass uns bitte erst zu Abend essen. Ich hab frischen Lachs gekauft und wollte Sushi machen.«

Ich stöhne auf und verdrehe die Augen. »Großartig! An dem einen Abend, an dem ich mit etwas Einfachem wie Fischfrikadellen mehr als zufrieden gewesen wäre, experimentierst du plötzlich in der Küche.«

Doch Mama ignoriert mich. Es dauert hundert Jahre, bis die kleinen seltsamen Fischröllchen fertig sind. Es kommt mir vor, als sähe ich einem Dinosaurier beim Arbeiten zu.

Als das Essen endlich auf dem Tisch steht, stürze ich mich darauf.

»Fertig«, verkünde ich, nachdem ich zwei kleine Stückchen Sushi und etwas Salat gegessen habe.

»Okay, okay.« Mama schlingt die letzten Reste ihrer Portion hinunter. »Also gut, gehen wir.«

Ich stürme in den Flur und schlüpfe in meine Sandalen. Mama folgt mir, tippt aber umständlich auf ihrem Handy herum.

»Komm schon«, drängle ich.

»Ja, ja, du Nervensäge«, murmelt Mama. »Ich muss erst mal rausfinden, wohin wir überhaupt fahren. In der Fußgängerzone im Zentrum ist ein Geschäft, das Skateausrüstung verkauft, aber das hat schon geschlossen. Mal sehen … Ah ja, in den Arkaden gibt es auch eins.«

Ich laufe vor Mama die Treppe runter, auf die Straße und bis zur Straßenbahnhaltestelle.

»Ich muss schon sagen«, keucht Mama, als sie mich endlich einholt. »Wenn du willst, bist du ganz schön schnell.«

Zum Glück sagt sie nicht noch mehr, weil jetzt die Straßenbahn unter der Eisenbahnbrücke heranrumpelt.

In der Bahn sitzen wir schweigend nebeneinander. Mama scrollt auf ihrem Handy, ich schaue aus dem Fenster. Was für ein seltsamer Sommer das geworden ist, denke ich. Früher hätte ich alle Ferientage mit Oma oder Ida verbracht.

Jetzt bin ich plötzlich allein.

Na ja, nicht ganz allein. Ich habe immer noch die alten Freundinnen und Hallgrim, den Bibliothekar.

Aber am allerliebsten hätte ich Frans.

Am Hauptbahnhof steigen wir aus. Als wir die Straße überqueren, nimmt Mama automatisch meine Hand. Ich schaue mich nach allen Seiten um, ob ich auf dem riesigen offenen Platz jemand Bekanntes entdecke. Aber da ist niemand. Also beschließe ich, dass es okay ist, ein Stück Hand in Hand mit Mama zu gehen.

Ich steuere auf den Skateshop zu, sobald wir die Arkaden betreten haben. Im Laden riecht es neu. Ein scharfer, ziemlich cooler Geruch liegt in der Luft. An einer Wand sind neue, blank polierte Skateboards aufgereiht. Ihre Unterseiten zeigen nach oben, sodass man die bunten Zeichnungen darauf sehen kann.

Ich lasse meine Hand über ein Brett mit einem Muster aus rosafarbenen und blauen Rosen gleiten. Es kitzelt in den Fingerspitzen.

»Suchst du etwas Bestimmtes?«, reißt mich eine Stimme aus meinen Gedanken.

Ich fahre herum – und bleibe mit offenem Mund stehen.

Das Mädchen vor mir ist ziemlich sicher das coolste Mädchen der Welt. Sie trägt fransig abgeschnittene Jeansshorts und ein bauchfreies Top mit einer Welle drauf. Von ihren Ohren baumeln Kreolen und auf dem Kopf trägt sie eine weiße Baseball-Cap. Sie sieht cooler aus als Melissa und Jasemin zusammen. Sie ist so cool, dass neben ihr selbst Ida wie ein Baby wirken würde.

Erst jetzt fällt mir wieder ein, dass sie mich etwas gefragt hat. Ich merke, dass ich rot werde.

»Was kostet das hier?«, frage ich und zeige auf das Brett mit den rosafarbenen und blauen Rosen.

»1200 Kronen«, sagt das Mädchen und nimmt das Brett aus seiner Halterung.

Da höre ich eine vertraute Stimme hinter mir.

»Nein, nein«, keucht Mama. »Wir suchen kein Rollbrett. Jedenfalls noch nicht. Wir brauchen nur einen Helm und Handgelenkschoner.«

Das coolste Mädchen der Welt lächelt Mama beschwichtigend an.

»Alles klar«, sagt sie. »Schutzkleidung haben wir hier hinten.«

Ich beobachte die Verkäuferin die ganze Zeit. Wie sie ihre Haare über die Schulter zurückwirft. Wie sie den Arm auf die

Hüfte stützt und sich dabei leicht zur Seite lehnt. Wie sie gestikuliert. Sie wirkt erwachsen. Aber nicht so langweilig erwachsen wie Mama oder andere Eltern. Mehr so fuck-you-erwachsen, wie Ida sagen würde.

Mama hält einen rosafarbenen Helm hoch.

»Was hältst du von dem hier?«, fragt sie.

Aber hinter ihrem Rücken schüttelt die Verkäuferin bedächtig den Kopf. Dann zeigt sie auf einen schwarzen Helm, der ein bisschen wie der von Frans aussieht.

»Nein«, sage ich zu Mama.

Ich hebe den Helm hoch, auf den das Mädchen gezeigt hat.

»Ich will den haben.«

»Okay«, sagt Mama und nickt der Verkäuferin zu. »Dann nehmen wir den.«

Die Handgelenkschoner auszusuchen geht schnell. Ich muss die Kindergröße nehmen, denn alle anderen sind zu groß.

Aber als wir bezahlen, passiert etwas Besonderes.

»Hier, die schenk ich dir«, sagt das Mädchen und legt zwei Bögen mit Aufklebern in die Einkaufstüte. »Damit machst du den Helm zu deinem eigenen.«

Sie zwinkert mir zu.

Auf dem Weg nach Hause versuche ich, mir das Mädchen aus dem Skateshop ins Gedächtnis zu rufen. Ihre Haare. Ihr Top. Die Baseball-Cap. Melissa mit ihren eigenen Waffen schlagen, denke ich, Melissa schlagen.

Da nimmt Mama plötzlich meine Hand.

»Ich bin so froh, dass du so bist, wie du bist«, sagt sie lächelnd.

»Was meinst du damit?« Ich schaue sie erschrocken an.

»Viele Mädchen denken, sie müssten nackte Haut zeigen, um gemocht zu werden. Aber du bist anders. Für dein Alter bist du so gefestigt in deiner Persönlichkeit. Und das ist schön.«

Dann umarmt sie mich.

Als wir nach Hause kommen, gehe ich gleich in mein Zimmer und ziehe die Tür hinter mir zu. Dann packe ich den Helm und die Aufkleber aus. Es sind viele mit Totenköpfen dabei.

In aller Ruhe verziere ich den Helm.

Als ich fertig bin, bleibe ich noch einen Moment sitzen.

Ich bin gespannt, was Frans sagen wird, wenn er mich morgen mit dem neuen Helm und den Handgelenkschonern sieht. Ob er meine Hand halten wird, während ich aufs Skateboard steige? So wie es früher die Ritter gemacht haben, wenn das Burgfräulein aufs Pferd stieg?

Ein Lächeln stiehlt sich auf mein Gesicht.

Alles ist so schön und schrecklich zugleich.

Kapitel 11

Am nächsten Morgen geraten Mama und ich in Streit. Ich glaube, es ist das erste Mal in der Weltgeschichte, dass wir uns überhaupt so streiten. Ein richtig blöder Streit eben.

Alles fängt beim Frühstück an.

»Was hältst du davon, wenn du deine Wanderstiefel zum Skaten nimmst?«, schlägt Mama vor. »Die stützen die Knöchel gut.«

»Äh, nein«, antworte ich. »Bestimmt nicht.«

»Du meinst also, dass du in Sandalen skaten kannst?«, fragt sie.

»Ja«, sage ich.

Obwohl ich mir nicht sicher bin, ob das wirklich geht. Jedenfalls hat Asbjørn gestern nichts zu meinen Sandalen gesagt. Und keiner der anderen hatte Wanderschuhe an, das wäre mir aufgefallen.

»Aber Liv«, sagt Mama.

»Nein«, beharre ich.

»Vielleicht nimmst du sie wenigstens mit?«

»Damit ich wie ein beschissener Bergsteiger aussehe?«

»Wie sprichst du denn mit mir!« Mama klingt entrüstet.

»Aber so ist es halt!«, rufe ich. »Niemand, der nicht gerade im Norwegischen Wanderverein ist, skatet in Bergstiefeln.«

Mama starrt mich aus großen Augen an.

Dann schlägt sie raschelnd die Zeitung zu, trinkt ihren Kaffee aus und murmelt etwas von einer Überdosis Hormonen und dass die manchmal über Nacht die Persönlichkeit verändern könne.

Nach einer weiteren halben Stunde Diskussion darf ich endlich gehen. Aber auch nur, weil ich zustimme, meine Sportschuhe mitzunehmen, und verspreche, sie anzuziehen, sobald ich den Skatepark erreiche.

Als ich schließlich auf der Straße stehe, ist es, als ob sich die Welt ein wenig verändert hätte. Die Luft ist frisch und etwas kälter als gestern und die Farben wirken klarer.

»Das schaffst du schon«, flüstere ich mir selbst zu. »Du schaffst das.«

Heute werde ich zum ersten Mal in meinem Leben auf einem Skateboard stehen. Heute wird mir Frans das Skaten beibringen.

Frans.

Frans.

Frans.

Sein Name hat eine ganz eigene Melodie.

Jasemin und Melissa sind schon da. Kaum habe ich das Tor geöffnet, stecken sie auch schon die Köpfe zusammen. Åsta, Wasim und der kleine Junge helfen Asbjørn dabei, die Skateboards aus dem Schuppen zu holen. Frans entdecke ich nicht.

Sofort wird mir schwer ums Herz.

Ich schlendere zu Asbjørn und den anderen.

»Braucht ihr Hilfe?«, frage ich.

»Hallo, Liv«, sagt Asbjørn. »Schön, dass du da bist. Hast du dir einen Helm besorgt?«

»Äh, ja«, sage ich und ziehe den Helm aus meinem Jutebeutel.

»Perfekt!«, sagt Asbjørn lächelnd. »Du kannst dieses Board hier nehmen. Kommt ihr mit zu Jasemin und Melissa?«

Åsta und ich folgen ihm, Wasim und der kleine Junge schlurfen hinter uns her. Melissa kaut auf einer Haarsträhne, aber als sie Asbjørn kommen sieht, spuckt sie sie schnell aus.

»Wo ist Frans?«, fragt sie.

Asbjørn lässt die Boards vorsichtig zu Boden gleiten. Ich mache dasselbe mit meinem.

»Frans hat mit seiner Mutter einen Termin an der Schule, an der er nächste Woche beginnt«, erklärt Asbjørn.

»Ooh …«, schmollt Melissa.

Dann flüstert sie Jasemin etwas zu.

»Kommt er heute gar nicht mehr?«, fragt Jasemin, nachdem Melissa sie ziemlich fest in den Oberschenkel geboxt hat.

»Doch«, sagt Asbjørn, immer noch genauso freundlich wie immer. »Nach der Mittagspause kommt er dazu.«

Melissa verzieht die Lippen zu einem zufriedenen Grinsen.

Asbjørn klatscht in die Hände.

»Okay«, sagt er. »Lasst uns loslegen!«

Die anderen rollen ihre Skateboards in seine Richtung. Ich versuche, es ihnen gleichzutun, aber es fühlt sich so an, als ob die eine Rolle klemmt. Ich hebe das Brett hoch und schaue darunter.

»Liv«, sagt Asbjørn. »Kommst du?«

Ich spüre, wie der Schweiß über meinen Rücken rinnt.

»Ähm«, sage ich. »Ich glaube, mit der Rolle hier stimmt was nicht.«

Asbjørn kommt zu mir.

»Zeig mal«, sagt er und streckt die Arme nach meinem Skateboard aus.

Ich gebe es ihm und komme nicht umhin, mich ein bisschen erleichtert zu fühlen.

Asbjørn dreht an der ersten Rolle, dann an der zweiten. Schließlich schaut er sich die hinteren Rollen an und dort stößt er auf das Problem. Eine von ihnen sitzt fest.

Halleluja!, jubelt es in meinem Kopf.

Ich schaue zu Asbjørn hoch und versuche, meine Erleichterung zu verbergen.

»Was ist los?«, frage ich.

»Ich weiß es nicht genau, aber so kannst du auf jeden Fall

nicht damit fahren. Ich fürchte, ich muss einen Kumpel anrufen. Warte kurz ...«

Asbjørn legt das Skateboard behutsam auf den Boden und holt sein Handy aus der Tasche. Schnell tippt er eine Nummer ein und hebt es ans Ohr.

»Preben«, sagt er und entfernt sich ein paar Schritte von der Gruppe.

Melissa und Jasemin seufzen und setzen sich auf den Asphalt. Åsta versucht, allein auf ihr Skateboard zu steigen. Kurz balanciert sie schwankend darauf, bevor sie wieder abspringt.

Nach ein paar Minuten kommt Asbjørn zurück. Er sieht geknickt aus.

»Schlechte Nachrichten, Liv«, sagt er. »Preben tauscht das Board so schnell wie möglich aus. Aber du wirst wohl auch heute erst mal zuschauen müssen. Ist das für dich in Ordnung?«

»Klar«, sage ich und lächle. »Das ist in Ordnung. Kein Problem. Er soll sich Zeit lassen.«

Asbjørn mustert mich mit fragendem Blick.

»Blöd ist es natürlich trotzdem«, sage ich, weil ich vermute, dass es das ist, was er eigentlich von mir erwartet hat.

Ich lasse mich auf dieselbe Bank wie gestern sinken. Ein paar Möwen, die auf dem Zaun um den Skatepark gesessen haben, fliegen auf. Ich werfe einen Blick in meinen Jutebeutel. Unter dem Pausenbrot und den Sportschuhen liegt mein Skizzenbuch. Ich ziehe es heraus und blättre darin. An der Liste mit den Dingen, über die ich NICHT mit einem Skater reden kann, bleibe ich hängen, aber als ich merke, dass meine Wangen heiß werden, blättre ich schnell weiter. Dann komme ich zu der Zeichnung, die ich gestern begonnen habe. Ich habe kaum mehr als die Augen geschafft, bis mich Lises Sturz unterbrochen hat. Jetzt nehme ich meinen Bleistift und mache weiter.

Am liebsten mag ich am Zeichnen, dass ich dabei sozusagen verschwinde. Ich löse mich auf in dem, was ich tue. Der Bleistift gibt mir Flügel und ich fliege davon.

In eine andere Welt.

Eine andere Zeit.

An einen Ort, an dem aus einem Mädchen, das eigentlich am liebsten Marmorkuchen isst und Kniffel spielt, über Nacht eine coole Skaterin wird. Vielleicht bemerke ich ihn deshalb nicht, bis er direkt vor mir steht und einen großen fransförmigen Schatten aufs Papier wirft.

Ich klappe das Buch zu.

»Hey, warte«, sagt er. »Ich hab noch nicht alles gesehen.«

»Es gibt nichts zu sehen«, protestiere ich.

»Doch«, sagt er und legt seine Hand auf das Skizzenbuch.

Sie berührt gerade so meinen linken Daumen. Und es fühlt sich an, als würde meine Hand Funken sprühen. Erschrocken ziehe ich sie zurück. Da schnappt er sich das Buch und schlägt es dort auf, wo der Bleistift zwischen den Seiten liegt.

»Nices Girlfriend-Material.« Er grinst.

Dann blättert er weiter.

Mir gefriert das Blut in den Adern. Wenn er noch eine Seite zurückblättert, findet er die Liste. Diese idiotische Liste, von der die alten Freundinnen unbedingt wollten, dass ich sie schreibe. Die Liste mit den Dingen, über die man mit Skatern nicht reden kann. Und noch zwei Seiten weiter zurück habe ich den Skater gezeichnet. Einen Skater mit welligen Haaren und einem kleinen Höcker auf der Nase.

Nein! Nein! Nein!

Ich springe auf und will mich auf Frans stürzen. Aber er läuft weg.

»Yo«, sagt er. »Lass mich doch mal gucken. Du kannst übelst gut zeichnen, Dude.«

Er hält die Zeichnung mit dem Skater hoch.

Meine Wangen brennen und mein Herz schlägt so heftig, als wollte es meinen Brustkorb sprengen. Was, wenn er es erkennt? Was, wenn er erkennt, dass der Junge aussieht wie er. Dass seine Augen freundlich sind und die Haare gewellt.

»Gib mir das Buch zurück! PLEASE!«, rufe ich.

Frans feixt.

»Alright«, sagt er. »Weil du Bitte gesagt hast.«

Dann reicht er mir das Buch, bevor er zu den anderen geht.

Erst da bemerke ich es: Ich habe das Mädchen aus dem Skateshop gezeichnet. Sie ist bloß ein wenig kleiner als in echt und hat mittelblonde glatte Haare. Und ihre Augen sind grau, genau wie meine.

Und da verstehe ich es plötzlich: Vielleicht war es das, was die alten Freundinnen meinten, als sie sagten, ich müsse Melissa mit ihren eigenen Waffen schlagen. Melissa ist nicht halb so cool wie die Verkäuferin aus dem Skateshop, das ist mal klar. Und Frans hat das Mädchen auf der Zeichnung *nices Girlfriend-Material* genannt. Wenn ich also wie die Verkäuferin im Skateshop werde, wird Frans vielleicht denken, dass auch ich *nices Girlfriend-Material* bin?

Mein Herz schlägt noch immer laut.

BA-dum, macht es. BA-dum.

Und dann ist da auf einmal noch ein anderes dumpfes Geräusch. Aber das ist kein so angenehmes Pochen wie das meines Herzens. Es klingt mehr wie ein hohler Schlag. Gefolgt von einem schweren Rums, so widerlich, dass mir die Luft wegbleibt und die Sonne hinter einer Wolke verschwindet.

Kapitel 12

Åsta liegt auf dem Asphalt, den Kopf in einem komischen Winkel verdreht. Sie schaut starr nach oben. Ihre roten Locken haben ihren Schwung verloren und ihr Gesicht ist schneeweiß.

Auch Asbjørn, der sich über sie beugt, ist ziemlich bleich.

»Åsta«, sagt er ernst. »Beweg dich nicht. Jedenfalls noch nicht.«

»Mhm«, macht Åsta zwischen zusammengepressten Lippen.

»Was ist passiert?«, frage ich.

»Sie ist einfach hingefallen«, sagt Jasmin, die vergessen haben muss, dass sie nicht mit mir redet. »Einfach hingefallen.«

Wir sitzen still da, während Asbjørn die 112 wählt. Wasim und der kleine Junge sehen aus, als hätten sie gerade erfahren, dass Halloween dieses Jahr ausfällt.

Dann passiert plötzlich alles gleichzeitig. Preben, der Typ, der mein Skateboard reparieren soll, trifft ein. Im selben Moment heulen die Notarztsirenen die Straße hoch. Frans scheint es schrecklich unter seiner Cap zu jucken. Und Asbjørn beeilt sich, Åstas Sachen zusammenzusuchen.

»Was passiert jetzt?«, fragt Frans. Er sieht verunsichert aus.

Asbjørn schüttelt den Kopf. Seine Brillengläser beschlagen. »Ich denke, wir machen Schluss für heute.«

Zwei Männer rollen eine Bahre durch das Tor des Skateparks. Vor den knallbunten Betonwänden wirken sie beinahe wie Außerirdische.

»Sie haben angerufen?«, fragt einer von ihnen schroff.

»Ja«, antwortet Asbjørn. »Ich fürchte, sie hat eine Gehirnerschütterung oder etwas Schlimmeres.«

Die Sanitäter nicken und gehen zu Åsta.

Auf dem Weg dorthin holt einer von ihnen eine Art Kragen von der Bahre. Der andere scheucht uns zur Seite.

»Wahrscheinlich eine Gehirnerschütterung«, höre ich einen der Männer sagen. »Wir müssen sie auf jeden Fall mitnehmen und durchchecken. Haben Sie die Eltern schon informiert?«

»Nein«, sagt Asbjørn, »noch nicht. Aber das mach ich jetzt. Und dann fahr ich mit ins Krankenhaus.«

Mucksmäuschenstill schauen wir zu, wie die beiden Sanitäter Åsta vorsichtig einpacken und sie ganz langsam, langsam auf die Bahre heben.

Und dann sind sie weg, alle vier.

Preben, Frans, Melissa, Jasemin, Wasim, der kleine Junge und ich bleiben im Skatepark zurück. Alle scheinen ihren eigenen Gedanken nachzuhängen.

Nach einer Weile sagt Preben: »Okay, wessen Skateboard sollte ich mir anschauen?«

Ich hebe die Hand. »Meins«, sage ich.

Zusammen gehen wir zu meinem Board. Preben ist klein und kompakt. Seine braunen Locken blitzen unter der Kappe hervor und seine Nase erinnert mich an die eines Hobbits.

Er hebt das Skateboard hoch und versucht, die fest sitzende Rolle in Bewegung zu bringen.

»Da stimmt was mit dem Kugellager nicht«, murmelt er. »Aber das sollte ich bis morgen hinbekommen.«

Aus dem Augenwinkel sehe ich, dass Melissa und Jasemin Frans umringen. Jasemin wirft die langen braunen Haare zurück und lacht laut auf.

Es sticht in meinem Herz.

»Nimm dir so viel Zeit, wie du brauchst«, sage ich zu Preben.

Ich schaue ihn nicht an, sondern beobachte Frans und die Mädchen.

Preben lacht.

»Und ich dachte, du würdest drängeln, das Board heute Abend noch zurückzubekommen.«

Er zwinkert mir mit einem Auge zu.

»Keine Sorge«, fährt er fort. »Ich verrat es keinem.«

Dann klemmt er sich das Skateboard unter den Arm und geht Richtung Tor. Verdutzt bleibe ich zurück. Dieser Preben hat direkt in meinen Kopf geguckt. Aber ich weiß nicht, ob er verstanden hat, dass ich in Frans verliebt bin oder dass ich mich eigentlich nicht traue zu skaten.

Ich merke, wie die Panik langsam meinen Nacken hochkriecht.

Oje! Kann man es so leicht sehen?

Weiß Jasemin es?

Weiß Melissa es?

Weiß Asbjørn es?

Weiß FRANS, dass ich in ihn verliebt bin?

Als Preben fast am Tor angekommen ist, höre ich Frans rufen:

»Hey, wart mal! Musst du nach Ekeberg?«

Preben nickt.

»Können wir zusammen gehen?«

»Klar«, sagt Preben und bleibt stehen, um auf Frans zu warten.

Frans rafft seine Sachen zusammen und läuft zu ihm.

Melissa lässt frustriert die Arme fallen und flüstert Jasemin etwas zu.

»Tschüss, du!«, ruft sie Frans hinterher.

»Ja, tschüss!«, ruft Jasemin ebenfalls.

»Tschüss«, sage ich.

Da dreht Frans sich um.

»Tschüss«, sagt er.

Wäre mein Herz eine Turnerin, hätte es in diesem Moment einen dreifachen Salto geschlagen.

Jasemin und Melissa haben es plötzlich furchtbar eilig. Sie werfen ihre geliehenen Skateboards in den Schuppen und knallen die Tür hinter sich zu.

Und als sie den Platz verlassen, sagt Melissa laut: »Wir haben keinen Bock, hier rumzuhängen, wenn keine coolen Leute mehr da sind.«

Ich bleibe zurück, denke lange nach, blättere ziellos in meinem Skizzenbuch. Und dann treffe ich eine Entscheidung. Ich werde cool. So cool, dass Jasemin und Melissa einen Kieferorthopäden brauchen werden, der ihre Kinnladen wieder einhängt, nachdem sie mich das nächste Mal gesehen haben.

Kapitel 13

Ich verlasse den Skatepark, gehe immer schneller über den Dyvekes Weg und renne fast bis nach Hause. Schwer atmend steige ich die Treppenstufen zu unserer Wohnung hoch und schließe auf. Zum Glück dauert es noch ein paar Stunden, bis Mama von der Arbeit nach Hause kommt. So kann ich meinen Plan ungestört in die Tat umsetzen.

Es steht auf dem Regal über meinem Schreibtisch. Das Sparschwein mit dem großen S darauf. Im Licht, das durch das Fenster fällt, glänzt es magisch. Fast triumphierend, finde ich. Als ob es wüsste, dass ich genau nach ihm Ausschau halte.

Ich werde dir helfen, Liv, scheint es zu sagen.

»Ja, das wirst du«, flüstere ich und strecke die Hand nach ihm aus.

Ich ziehe vorsichtig den kleinen Stopfen aus dem Sparschweinboden. Fünf- und Zehnkronenstücke, die ich gespart habe, als ich klein war, rasseln mir entgegen. Erst in den letzten Jahren hab ich kapiert, dass es die Scheine sind, die zählen.

Und sie haben sich gut vermehrt, um es mal so auszudrücken.

Ich bin nicht verrückt. Wirklich nicht. Ich bin es bloß leid, Miss Marmorkuchen 2021 zu sein.

Ich will endlich *nices Girlfriend-Material* sein, wie Frans das nennt.

Ich will Mädchen wie Melissa zeigen, wo's langgeht.

Ich will, dass mich die Leute ansehen.

Punkt.

Ich stopfe die Scheine in meinen Jutebeutel. Dann gehe ich aus der Wohnung, ziehe die Tür hinter mir zu und höre das Schloss einrasten.

Das Skateshop-Mädchen steht an der Kasse, als ich in den Laden komme. Heute trägt sie ein weites rosafarbenes Top mit einem schwarzen Bikinioberteil darunter und so zerrissene Jeans, dass sie beinahe komplett durchsichtig sind.

»Hallo«, sage ich und gehe auf sie zu.

»Hi«, sagt sie. »Du hast gestern einen Helm gekauft, oder?«

»Ja«, antworte ich. »Und Handgelenkschoner.«

»Stimmt«, sagt sie und lächelt.

Selbst ihr Lächeln wirkt cool.

Dann stehen wir schweigend voreinander.

»Kann ich dir noch mit was anderem helfen?«

Sie schaut mich fragend an.

Mein Mund fühlt sich trocken an. Ob sie mir *helfen* kann.

Ich brauche tatsächlich Hilfe. Aber es ist eine Sache, mit Skatern zu reden, die so alt sind wie man selbst. Eine andere Sache ist es, mit echt toughen, etwas älteren *Skaterinnen* zu reden. DIE sind am unheimlichsten.

Ich hole tief Luft.

»Ja«, piepse ich. »Ich brauche Hilfe.«

Ich taste nach dem goldenen Elefanten. Der Anhänger war das letzte Geschenk, das Oma mir vor ihrem Tod gemacht hat. Ein goldener Elefant, der mir Kraft geben soll. Ein goldener Elefant, der mir helfen soll, tough zu sein.

Ich schaue der Verkäuferin ins Gesicht.

»Warst du schon mal verliebt? So richtig verliebt, in einen, der skatet?«

Das Mädchen hinter der Theke schweigt. Sie kratzt sich leicht am Kopf, und eine Sekunde lang scheint es, als wäre sie gar nicht mehr da. Sie lächelt so fern.

Aber dann schaut sie mir direkt in die Augen.

»Ja«, sagt sie. »Natürlich war ich das schon mal.«

Ich lege meinen Jutebeutel auf die Theke und krame das Skizzenbuch heraus. Rasch blättere ich vor bis zu der Zeichnung.

»Dann verstehst du sicher mein Problem«, sage ich. »Ich muss wie sie werden!«

Das Mädchen lehnt sich über die Theke.

»Fuck, du kannst ja super zeichnen«, sagt sie.

Mir wird ganz heiß.

»Danke«, sage ich. »Aber darum geht es nicht. Kannst du mir helfen, mehr wie sie zu werden? Also ein bisschen so wie du?«

Würde sie nicht aussehen wie die coolste Skaterin der Welt, hätte ich fast geglaubt, sie würde rot werden. Sie wirkt auf einmal so komisch. Doch das geht schnell vorbei.

»Bist du dir sicher, dass du nicht vielleicht etwas weniger …«

Sie zögert.

»… Erwachsenes ausprobieren willst?«

Ich werfe ihr einen fragenden Blick zu.

»Erwachsene ziehen so was nicht an«, sage ich.

Sie lacht.

»Ja, das stimmt. Hmm … Ich meinte … vielleicht einen etwas weniger provokanten Stil?«

»Nein«, sage ich. »Der Junge, in den ich verliebt bin, mochte die Zeichnung. Deshalb will ich genau so werden.«

Sie schaut mich prüfend an.

»Wie alt bist du eigentlich?«

»Dreizehn«, sage ich. »In einer Woche werde ich dreizehn. Aber ich verstehe nicht, was das damit zu tun hat.«

Da lacht sie wieder.

»Okay, funny Kid«, sagt sie. »Ich helfe dir. Und falls du es dir anders überlegst, kommst du vorbei und tauschst die Klamotten um, okay? Es könnte ja sein, dass du doch Lust bekommst, lieber ein Skateboard zu kaufen.«

»Vielen, vielen Dank!«, sage ich und atme erleichtert auf.

Sie weiß genau, wo sie gucken muss. Eine Runde durch den Laden und schon ist sie mit Sneakers, Shorts, einem T-Shirt und einem Bikinitop zurück.

»So«, sagt sie. »Probier das mal an.«

Ich gehe in eine der Umkleidekabinen und ziehe den Vorhang sorgfältig hinter mir zu. Dann steige ich aus meinem Kleid und öffne die Schnallen der Sandalen. Das Bikinitop ist eng, aber als ich endlich drin bin, sitzt es perfekt. Das weite T-Shirt reicht mir bis kurz über den Nabel. Ich aale mich in die Shorts. Es fühlt sich komisch an, dass mein Po so nackt ist, aber das gehört wohl so. Ich beuge mich hinab und ziehe die Schuhe an.

Dann betrachte ich mich im Spiegel.

Ich trete einen Schritt zurück. Shit, ich sehe genauso aus wie das Mädchen auf der Zeichnung. Und das meine ich ernst. Na gut, die Brüste fehlen. Brüste wachsen einem nicht mal eben im Laufe eines Nachmittags, weil man sie gerade gut gebrauchen könnte. Das gilt auch für meine knochigen Knie, die leider nicht wie durch ein Wunder verschwunden sind.

Aber ansonsten bin ich ziemlich zufrieden mit dem, was ich sehe.

»Kommst du zurecht?«, ruft mir das Mädchen von der Theke aus zu.

»Ja«, rufe ich zurück. »Es passt perfekt!«

Ich bezahle mit dem Geld aus dem Sparschwein, nehme die Einkaufstüte fest in die Hand und verlasse die Arkaden. Auf der Straße habe ich das Gefühl, dass die Sonne kräftiger scheint als noch vor ein paar Minuten. Und plötzlich sehe ich einen Schmetterling. Mitten in Oslo.

Ich beschließe, dass das ein gutes Zeichen ist.

An diesem Abend habe ich viel Stoff zum Nachdenken. Ich male mir aus, was Frans sagen wird, wenn er mich in den neuen, ziemlich nicen Klamotten sieht. Ich denke an die neidischen Blicke, die Melissa und Jasemin mir zuwerfen werden. Und ich denke daran, wie gut ich mich fühlen werde.

Es war die absolut richtige Entscheidung, das Sparschwein zu plündern.

Da bin ich mir hundertprozentig sicher.

Kapitel 14

Ich warte mit dem Aufstehen, bis ich höre, wie Mama die Haustür hinter sich zuzieht. Etwas sagt mir, dass ihr die Länge der neuen Shorts nicht gefallen wird. Nachdem sie mich gestern so damit genervt hat, dass ich Wanderschuhe zum Skaten anziehen soll, habe ich ohnehin beschlossen, in Sachen Skaten nicht mehr auf Mamas Rat zu hören. Sie versteht einfach nichts davon.

Ich dusche in Rekordgeschwindigkeit, trockne mich so schnell wie möglich ab und gehe zurück in mein Zimmer. Dort hole ich die Tüte aus meinem geheimen Versteck unter dem Sofa und breite die Klamotten vor mir aus. Sie glänzen beinahe. Und sie riechen so schön neu.

Ich habe mir vorgenommen, heute früh am Skatepark zu sein. Vor Melissa und Jasemin, sodass Frans zuallererst mich sieht.

Ich suche meine Sachen zusammen, das Skizzenbuch, den Helm, die Handgelenkschoner und mein Pausenbrot. Dann schlüpfe ich in die neuen coolen Sneakers und mache mich auf den Weg.

Aber nicht nur ich bin früh aufgestanden. Am Tor des Skateparks bleibe ich abrupt stehen. Ausgerechnet an der Bank, auf der ich gesessen und gezeichnet habe, meinem Zufluchtsort der letzten zwei Tage, hängen die Jungs aus der Parallelklasse ab. Und Frans steht gestikulierend vor ihnen.

Ich erstarre zu Eis.

Und genau in diesem Augenblick bemerkt Ulrik mich. Er stößt den Typen neben sich in die Seite und so setzt sich das Knuffen durch die ganze Reihe fort.

Frans dreht sich um.

Ich merke sofort, dass etwas anders ist. Aber nicht auf so eine schöne Art anders, wie ich es mir ausgemalt hatte. Nicht willst-du-mich-heiraten-anders, mit Schmetterlingen im Bauch und Herzchen in den Augen.

Es ist bauchweh-anders.

»Liv!«, ruft Ulrik. »Hast du ein Makeover gewonnen?«

Er grinst hämisch.

»Von alter Oma zu alter Schlampe?«

Die anderen Jungs lachen dreckig.

Frans steht immer noch nur da und schaut mich an.

Es braust in den Eichenkronen auf dem Friedhof. Die Sonne versteckt sich hinter einer Wolke und ein kalter Windstoß jagt über den Skatepark.

WAS IST NUR SCHIEFGELAUFEN?, denke ich. Ich verstehe gar nichts mehr.

Ulrik und die anderen Jungs sind aufgestanden.

»Hast du mich nicht gehört?«, ruft Ulrik und macht einen Schritt auf mich zu. »SCHLAMPE!«

RENN!, denke ich. RENN UM DEIN LEBEN!

Ich drehe mich auf dem Absatz um und renne los. Am Tor laufe ich Asbjørn in die Arme, der die Augen aufreißt und ein verblüfftes Gesicht macht. Aber ich rapple mich auf und laufe weiter.

»War das wirklich Liv?«, höre ich ihn weit hinter mir fragen.

Ich stürme über die Eisenbahnbrücke und auf den Friedhof. Dort mache ich einen großen Umweg um die Hecke herum, um eventuelle Verfolger abzuschütteln. Als ich endlich anhalte, schlägt mein Herz wie eine große wütende Faust.

Am Grab breche ich zusammen. Oma, denke ich, wo bist du? Warum kannst du nicht zurückkommen? Ohne dich bekomme ich gar nichts hin. Ich verstehe nicht, weshalb alles, was ich anfasse, schiefgeht. Du musst mir helfen!

Der Grabstein bleibt still.

Kalt und still.

Da kommen die Tränen. Sie rollen meine Wangen hinab und tropfen auf Omas Grab.

Ich reiße ein paar Löwenzahnstängel aus, die zwischen den

Blumen auf Omas Grab nachgewachsen sind. Idioten sind wie Löwenzahn, denke ich. Sie wachsen überall. Dann werfe ich die Pflanzen in großem Bogen Richtung Mülleimer. Aber natürlich landen sie daneben.

Großartig, denke ich und stehe auf. Ich gehe hinüber und werfe das Unkraut weg. In diesem Moment weht ein Lachen vom Skatepark herüber. Ich zucke zusammen. Hat da jemand Frans' Namen gerufen?

Ein Zug donnert vorbei, er kommt aus dem Tunnel und fährt Richtung Hauptbahnhof.

Was soll ich bloß machen?, frage ich mich, während ich mich zurück zum Grab schleppe. Notfalls kann ich immer noch um Kirchenasyl bitten. Dann muss ich nie wieder am Skatepark vorbeigehen.

Von jetzt an bis in alle Ewigkeit.

»Idioten sind wie Graubrot«, hat Oma immer gesagt. »Außen hart und innen langweilig.« Daran zu denken, tröstet mich ein wenig, aber nicht allzu sehr. Was hilft es mir zu wissen, dass Ulrik dumm wie Brot ist? Ich bin schließlich nicht in ihn verliebt.

Hat Frans auch *Schlampe* gedacht, als er mich gesehen hat?

Ich lasse mich auf die Wiese neben dem Grab sinken. Heute Morgen muss hier gegossen worden sein, denn als mein Po den Boden berührt, wird er kalt.

Schlampen haben sicher immer kalte Hintern, denke ich, besser, ich gewöhne mich daran.

Bald darauf sitze ich auf dem Friedhof und zeichne. Ich zeichne und zeichne. Als es Mittag wird, esse ich mein Pausenbrot, obwohl ich keinen Hunger habe. Dann zeichne ich weiter.

Ich zeichne Ulrik, der von einer riesigen Möwe gefressen wird.

Ich zeichne Melissa, die von einer überdimensionalen Schnecke zermalmt wird.

All das Schwarze in mir lasse ich durch den Bleistift aufs Papier fließen.

Ich gehe nicht vor halb vier nach Hause. Jetzt werden sie wohl weg sein, denke ich. Aber ich habe die Eisenbahnbrücke noch nicht halb überquert, als ich die Jungs vor dem Skateparktor stehen sehe. Frans' blonden Hinterkopf hätte ich auch aus einem Kilometer Abstand erkannt.

Warum steht er immer noch da? Der Skatekurs ist doch längst zu Ende. Er müsste schon lange zu Hause sein und sein Skateboard polieren oder was immer so ein Skater in seiner Freizeit macht.

Mein Mund wird trocken.

MACH WAS, denke ich, MACH WAS. Also krame ich mein Handy heraus und suche mit schweißnassen Fingern Mamas Nummer. Das hohle Freizeichen scheint mit jedem Schritt, den ich mache, lauter zu werden. Aber Mama geht nicht ran. SIE GEHT NICHT RAN! Mein Herz schlägt hart gegen meinen Brustkorb. Ich schaue zu Boden, während ich auf die Ampel zugehe. Vielleicht schaffe ich es auf die andere Straßenseite, bevor er mich sieht. Verdammt, die Ampel springt auf Rot.

Jetzt wird er mich entdecken.

Jetzt wird er mich entdecken.

Nein, nein, nein.

»Liv?«, höre ich eine Stimme hinter mir.

Ich schaue nicht auf. Selbst dann nicht, als ich das Schlurfen seiner Schuhe direkt neben mir höre.

»Yo«, sagt er.

Es wird grün.

Ich haste über die Straße.

»Whazzup?«, ruft Frans mir hinterher.

Aber ich kann nicht anhalten. Kann nicht zulassen, dass er sieht, dass ich mich schäme. Dass er sieht, dass mir das alles etwas ausmacht. Was habe ich denn erwartet? Dass ich mir bloß ein paar andere Klamotten anziehen muss, damit Ulrik mich in Ruhe lässt?

Mädchen wie ich sind dazu verdammt, für immer Madame Marmorkuchen zu bleiben.

Ich sprinte die St. Halvards Gate entlang, stürze die Treppe zur Unterführung hinunter, nehme zwei Stufen auf einmal. Der komische Geruch der Eisenbahnunterführung schlägt mir entgegen und von den Wänden tropft eine eklige Brühe.

Aber das alles ist mir egal. Ich will nur nach Hause.

Als ich endlich vor unserem Haus stehe, gebe ich hastig den

Code ein, schlüpfe hinein und werfe die Haustür krachend zu. Dann schleppe ich mich die Treppen hoch in den zweiten Stock. Ich schließe die Wohnungstür auf und lehne mich erschöpft an die Wand im Flur. Mein Herz hämmert wie der Drummer in einer Metalband. Mein Kopf glüht. Und alles ist falsch.

Ich lasse mich an der Wand hinuntergleiten.

Da klingelt es. Ich zucke zusammen, denn der Lautsprecher der Klingelanlage hängt genau über meinem Kopf. Ich werfe einen Blick auf mein Handy. Es ist zehn vor vier. Sicher Mama, die mal wieder ihren Schlüssel vergessen hat.

Es klingelt noch einmal.

»Drängel doch nicht so!«, rufe ich.

Ich rapple mich auf und drücke den Sprechanlagenknopf.

»Hallo«, sage ich.

Aber es knackt so sehr in der Leitung, dass ich nichts verstehe. Ich drücke den Summer. Wenn es jemand anders als Mama ist, packe ich das nicht. Die Zeugen Jehovas fehlen mir heute gerade noch. Aber es sind keine zwei Männer im Anzug, die da die Treppe hochkommen. Und Mama ist es auch nicht. Es ist Frans.

Er bleibt vor unserer Wohnungstür stehen und betrachtet prüfend das Namensschild.

Was zum Teufel macht *er* hier?

Genau in dem Moment, als ich das denke, bin ich mir sicher, dass er mich durch den Türspion entdeckt hat. Ich zucke zusammen, taumle zurück und stolpere über Mamas Stiefeletten. Dann falle ich durch den Türrahmen in die Küche.

Elegant, denke ich.

»Hallo«, sagt Frans auf der anderen Seite der Tür. »Liv?«

Ein großer Teil von mir will sich am liebsten unter der Kuscheldecke verkriechen. Aber da ist auch der andere Teil, der winzig kleine abenteuerlustige Teil von Liv Carlsen. Und der wird fürchterlich schwach, wenn er an Frans' grüne Augen denkt.

»Liv«, sagt Frans wieder, diesmal etwas leiser.

Ich greife an meinen Hals und ertaste den Elefantenanhänger. Vielleicht hat Oma ihn mir für genau solche Situationen geschenkt?

Ich hole tief Luft und öffne die Tür einen Spaltbreit.

»Whazzup?«, fragt Frans.

»Woher weißt du, wo ich wohne?«, frage ich und spähe durch den Spalt zwischen Tür und Rahmen.

»Hat Ulrik mir verraten.«

Verfluchter Ulrik. Seit dem Kindergarten hat er nichts Nettes mehr zu mir gesagt, aber er weiß noch immer, wo ich wohne.

Frans lehnt den Kopf gegen den Türrahmen.

»Können wir reden, Liv?«, fragt er.

»Ich weiß nicht«, sage ich und trete mit der Fußspitze leicht gegen die Tür. »Wenn du auch findest, dass ich wie 'ne Schlampe aussehe, kannst du gleich wieder gehen.«

»Nein«, sagt Frans. »Das find ich überhaupt nicht.«

Ich halte in der Bewegung inne.

»Und wenn du ein perfektes Gespräch erwartest, wie nach einer Liste mit Dingen, über die Mädchen mit Jungs reden, kannst du eigentlich auch gehen.«

Da lacht Frans.

»Tu ich nicht«, sagt er. »Ich scheiß auf Listen.«

Ich öffne die Tür ein bisschen weiter.

»Schwörst du?«, frage ich und schaue ihn streng an.

»Ich schwör«, antwortet er.

»Okay, komm rein«, sage ich und öffne die Tür ganz.

Frans macht einen vorsichtigen Schritt in unseren Flur. Es ist komisch, einen Jungen zu Besuch zu haben. Ida und Oma waren natürlich oft hier und ein paar von Mamas Freundinnen auch. Aber ein Junge hat uns noch nie besucht.

»Möchtest du einen Kakao?«, frage ich.

Das ist das einzige Süßigkeitenähnliche, das wir im Haus haben.

»Ja«, sagt Frans und folgt mir in die Küche.

Ich strecke mich, um die Dose ganz oben im Küchenschrank zu erreichen. Mama stellt den Kaba immer noch dorthin, obwohl ich schon seit fast einem Jahr groß genug bin, um dranzukommen.

Es ist ein ungewohntes Gefühl, Kakao zu machen, während Frans mir zuschaut. Es fühlt sich wie eine Prüfung in Hauswirtschaftslehre an und macht mich ganz nervös.

»Hier«, sage ich und reiche ihm eines der Gläser.

Er trinkt einen großen Schluck.

»Schmeckt der so?«, frage ich.

Frans nickt.

»Meistens mache ich den Kakao viel zu stark«, erzähle ich. »Mama wird dann richtig sauer. Ich nehme ungefähr drei Kilo Pulver und zwei Teelöffel Milch. Dann wird der Kakao natürlich total schwarz. Also kippe ich immer mehr Milch rein und dann reicht der Platz im Glas nicht aus und ich muss alles in ein neues Glas kippen. Also in ein größeres Glas.«

Frans lacht. Er stellt das Glas auf die Anrichte und wischt sich mit dem Handrücken über den Mund.

»Weshalb bist du so seltsam?«, fragt er.

»Seltsam?«

»Ja, oder ... nicht seltsam, aber anders.«

»Wie meinst du das?«, frage ich.

Er lächelt.

»Dir ist es egal, was andere von dir denken. Also jedenfalls dachte ich das bis zu der Sache mit Ulrik.«

Ich senke den Blick.

»Das ist was Gutes, finde ich«, fährt er fort. »Ich wäre auch gern so. Anders. Besonders.«

Meine Wangen brennen vor Hitze.

»Ich weiß nicht, weshalb ich so bin«, sage ich und stochere in dem Kakaopulverklumpen, der sich auf dem Glasboden abgesetzt hat.

»Ich finde das mega«, sagt er. »Vielleicht kannst du mir zeigen, wie man so wird?«

Ich muss lachen.

»Okay«, sage ich. »Klar kann ich dir beibringen, anders zu sein. Aber das ist kein einfaches Leben, das sag ich dir gleich.«

»Einfach ist langweilig«, sagt Frans und lächelt.

Und da erinnere ich mich an den Abend bei Munchies und an diesen frechen Ausdruck in seinen Augen. Er guckt wie ein Otter und das gefällt mir.

Plötzlich höre ich Schritte im Treppenhaus und eine Sekunde später Mamas Schlüssel im Schloss.

Mein Herz macht einen Salto.

»Mist, das ist Mama«, flüstere ich Frans zu.

Er wirkt nicht so, als würde ihn das beunruhigen.

Mama wankt mit zwei Tüten voller Einkäufe in den Flur. Zwischen die Lippen hat sie einen Brief geklemmt. Als sie uns sieht, wirkt sie einen Moment lang erschrocken – wie ein Fisch, der gerade an Land gezogen wurde. Sie öffnet den Mund und der Umschlag segelt zu Boden. Dann breitet sich ein großes Lächeln in ihrem Gesicht aus.

»Frans«, sagt sie und bückt sich nach dem Brief. »Wie schön, dich zu sehen.«

»Hallo«, sagt Frans und lächelt zurück.

»Wollt ihr auf ein Kostümfest?«, fragt Mama und lacht.

Ich könnte vor Scham im Boden versinken.

Mama geht in die Küche. Ganz selbstverständlich legt sie ein Bund Möhren in den Gemüsekorb – als wäre nicht zum ersten Mal ein Junge bei uns zu Besuch. Nein, es wirkt ganz normal, wie sie die Packung mit dem Fischauflauf in das winzige Gefrierfach oben im Kühlschrank stopft.

»Nein«, sagt Frans. »Das haben wir eigentlich nicht vor.«

Mama schaut mich überrascht an. Aber offenbar fällt ihr gleich eine andere peinliche Frage ein, die nichts mit meinen Klamotten zu tun hat.

»Hast du große Pläne für das letzte Ferienwochenende?«, fragt sie Frans.

»Nope, nichts Besonderes«, antwortet der.

»Du bist also auch hier in Oslo?«, fährt Mama fort. »Das ist aber schön, was, Liv?«

»Mama!«, fauche ich und schiebe sie zurück in den Flur. »Kannst du nicht ein bisschen Zeitung lesen oder so?«

»Aber Liv«, sagt sie und lacht. »Es ist doch kein Geheimnis, dass du Geburtstag hast, oder?«

Zum Glück hat Mama auch Flüssigseife gekauft, sodass sie gleich darauf im Badezimmer verschwindet.

»Tut mir leid«, flüstere ich Frans zu und verdrehe die Augen.

»Eltern sind Eltern«, meint er und zuckt mit den Schultern. »Aber awesome, dass du bald Geburtstag hast.«

Da kommt Mama auch schon aus dem Bad zurück.

»Vielleicht magst du zum Abendessen bleiben?«, fragt sie.

»Shit«, entfährt es Frans. Er zieht sein Handy aus der Hosentasche. »Ich hab Mama versprochen, dass ich Zucchini und Champignons kaufe, bevor sie nach Hause kommt.«

Er schaut erst mich an und dann Mama.

»Anne hat heute Spätdienst«, sagt die. »Wenn du gleich losgehst, schaffst du es noch.«

»Alright.« Frans schlüpft in seine Schuhe.

Ich folge ihm in den Flur und öffne die Wohnungstür.

»Bis dann, Liv«, sagt er und schaut mich mit den grünsten Augen der Welt an.

»Ja«, erwidere ich. »Bis morgen.«

Meine Knie fühlen sich wie aus Knete an.

Kaum ist die Wohnungstür hinter Frans ins Schloss gefallen, ändert Mama schlagartig ihre Persönlichkeit.

»Liv!«, zischt sie. »WAS SIND DAS, VERDAMMT NOCH MAL, FÜR KLAMOTTEN?!?! Du siehst aus wie ein Dings, also … wie ein geschmückter Weihnachtsbaum. Oder wie etwas ganz anderes! Bist du dir sicher, dass du auf kein Kostümfest wolltest? Auf jeden Fall kannst du in diesem AUFZUG nicht *rausgehen*!«

Ich seufze.

Dann trotte ich in mein Zimmer. Ich ziehe die Shorts, das Top und das Bikinioberteil aus. Bevor ich das rote Kleid mit den weißen Blumen überstreife, lege ich die neuen Klamotten ordentlich in die Einkaufstüte und schiebe sie zurück unters Sofa.

Beinahe kann ich Omas Stimme in meinem Kopf hören: »Wenn du wie alle anderen wirst, verlierst du dich selbst.«

Okay, denke ich. Ich hab's verstanden.

Kapitel 15

Es ist sonderbar still, als ich am nächsten Morgen den Skatepark betrete. Ich trage wieder das rote Kleid mit den weißen Blumen. Als ob alles, was gestern passiert ist, bloß ein komischer Traum gewesen wäre. Keine Spur von den Jungs aus der Parallelklasse. Überhaupt keine Spur von irgendwem. Ich atme erleichtert auf und gehe hinüber zur Bank.

Da höre ich es im Schuppen poltern.

Kurz darauf fliegt die Tür auf. Und da steht sie. Melissa mit den pechschwarzen Haaren und dem Glitzerlipgloss. Melissa, die Frans geküsst hat.

»Oh«, sage ich und greife mir an die Brust. »Hast du mich erschreckt!«

Sie grinst.

In den Armen hält sie zwei Skateboards. Eins davon ist das, auf dem sie schon die letzten Tage gefahren ist, und das andere das, das Preben vorgestern zur Reparatur mitgenommen hat.

Sie schlendert auf mich zu.

»Hier ist dein Skateboard«, sagt sie und wirft mir das reparierte Board vor die Füße. Die Skateboardspitze berührt meinen Schuh und ich springe zur Seite. Gut, dass ich wenigstens die Sneakers angezogen habe, denke ich, selbst wenn der Rest der coolen Sachen zu Hause liegt.

»Ich dachte, du kämst nicht mehr«, fährt Melissa fort.

Dann seufzt sie.

»Das war so schön gestern. Nur Frans und ich.«

»Wo war Jasemin?«, frage ich. »Und Wasim und Asbjørn und der Kleine?«

»Jasemin«, sagt Melissa und lacht, »hat ihre Tage bekommen.«

Sie springt auf ihr Skateboard und fährt ein paar Meter. Dann bremst sie mit dem hinteren Fuß und lässt das Board in ihre Hand schnellen, genau so, wie Frans und Asbjørn es machen.

»Warum bist du in einem Anfängerkurs, wenn du längst Skateboard fahren kannst?«, frage ich.

Diese Frage hat mich schon die ganzen letzten Tage beschäftigt, und jetzt, wo wir allein sind, kann ich sie ebenso gut stellen.

Melissa wirft ihre pechschwarzen Haare zurück wie in der Shampoowerbung.

»Frans!«, ruft sie.

Dann lässt sie ihren Blick sehnsüchtig zum anderen Ende des Skateparks schweifen. Und tatsächlich, gerade kommt er durch das Tor. *Der* Skater. Er trägt Jeans, einen grauen Hoodie mit einer Lederjacke darüber und seine Sonnenbrille in die

Haare geschoben. So, wie er mit dem Skateboard in der einen und der Tasche in der anderen Hand auf den Platz marschiert, könnte er direkt aus einem Filmtrailer kommen. Mir läuft ein Schauer über den Rücken. Und zwar nicht nur, weil die Sonne gerade hinter einer Wolke verschwindet und ich in meinem dünnen Kleid friere. Frans spielt einfach in einer ganz anderen Liga.

Was habe ich mir eigentlich eingebildet?

Hinter Frans eilt Asbjørn auf das Gelände. Sein kahler Schädel reflektiert das Licht und hinter den großen Brillengläsern strahlen seine Augen.

»Hallo«, sagt er. »Schön, dass ihr da seid. Freut ihr euch schon aufs Skaten?«

Auf gar keinen Fall, denke ich.

Aber zu Asbjørn sage ich: »Auf jeden Fall!«

Frans und Asbjørn breiten die Ausrüstung neben mir auf der Bank aus. Wasim und der Kleine betreten gerade das Gelände. Auch Melissa kommt widerwillig näher.

»Wasim und Benjamin, ihr übt weiter den Ollie, okay?«, sagt Asbjørn.

Die beiden Jungs nicken.

»Frans hilft Melissa in der Bowl«, bestimmt Asbjørn weiter, »während wir beide uns auf etwas Leichteres konzentrieren, okay?«

Er blinzelt mir verschmitzt zu.

Melissa macht ein Gesicht, als hätte sie gerade erfahren, dass heute Heiligabend ist.

Die Enttäuschung schmerzt.

»Okay«, sagt Frans und seufzt. »Aber vielleicht können wir nach der Mittagspause tauschen?«

»Die Mittagspause, genau«, sagt Asbjørn. »Gut, dass du mich dran erinnerst. Heute spendiert der Skatepark das Mittagessen. Ich dachte, wir könnten was Leckeres zum Grillen kaufen?«

»Super!«, antworte ich begeistert und denke an das Brot, das Mama mir geschmiert hat. Bestimmt schwitzt der Käse jetzt schon.

»Okay«, sagt Melissa und wirft ihre langen schwarzen Haare zurück.

Dann gehen Frans und sie zur Bowl, während Asbjørn mein Skateboard hochhebt. Prüfend dreht er alle vier Rollen, bevor er es vorsichtig auf den Boden zurücksetzt und eine Proberunde fährt.

»Wunderbar«, sagt er. »Mit dem Board stimmt jetzt alles. Hast du deine Schutzkleidung dabei?«

Ich hole Helm und Handgelenkschoner aus meinem Jutebeutel. Asbjørn zieht Knieschoner und etwas, das wie ein Schildkrötenpanzer aussieht, aus seinem Rucksack.

»Das ist ein Rückenprotektor«, murmelt er. »Nur für alle Fälle.«

Lieber Gott, bitte hilf mir, denke ich. Das hier kann gar nicht gut gehen.

Ein paar Minuten später stehe ich da, beinahe von Kopf bis Fuß eingepackt, und starre das Skateboard an. Es könnte genauso gut der Mount Everest sein, der da vor meinen Füßen liegt. Dass ich es hinbekomme, auf diesem wackeligen Brett zu stehen, kommt mir ungefähr so wahrscheinlich vor, wie dass es Frau Blix auf ihren zittrigen Beinen bis ins Basecamp 1 schafft.

»Hast du schon mal auf einem Skateboard gestanden?«, fragt Asbjørn vorsichtig.

»Nein«, flüstere ich.

Asbjørn lacht kurz.

»Das ist gar nicht so schwierig«, beruhigt er mich. »Das Wichtigste ist, dass du locker bleibst. Wer wie ein Stock steht, fällt auch wie ein Stock. Verstehst du, was ich meine?«

Ich stelle einen Fuß auf das Skateboard.

»Keine Sorge, ich bin hier«, sagt Asbjørn. »Wenn du Angst hast zu fallen, hältst du dich an mir fest.«

Vorsichtig steige ich auch mit dem anderen Fuß aufs Board. Es fühlt sich wackelig an und ich greife nach Asbjørns Arm.

»Großartig«, sagt er und lächelt. »Schon stehst du drauf.«

Plötzlich sind die Schmetterlinge wieder da. Sie fliegen und flattern durch meinen Bauch. Aber es fühlt sich irgendwie gut an.

Ich skate.

»Wenn man Skateboardfahren lernen will, ist es wichtig, zuerst herauszufinden, mit welchem Fuß man am besten aufsteigen kann«, erklärt Asbjørn. »Ich frage immer, mit welchem Fuß jemand beginnt, wenn er zu Hause über den Fußboden oder im Winter über's Eis rutscht.«

Ich klettere vorsichtig vom Skateboard, während ich mich noch immer an Asbjørn festhalte.

»Du meinst, freiwillig über's Eis rutschen? Dabei kann man sich doch den Oberschenkelhals brechen.«

Asbjørn wirft mir einen verdutzten Blick zu.

Dann nimmt er mir das Skateboard aus der Hand, stellt es auf den Boden und geht ein paar Schritte davon weg. Er nimmt Anlauf und springt auf das Board.

»So macht man das«, erklärt er. »Ich hab den linken Fuß zuerst aufs Board gesetzt, so fahre ich normalerweise an. Aber goofy geht's auch.«

»Goofy?«, frage ich. »Was ist das denn?«

Asbjørn antwortet nicht, sondern wiederholt das Anfahren. Aber diesmal springt er mit dem rechten Fuß voran auf das Skateboard.

»Jetzt bist du dran«, sagt er.

Zusammen laufen wir auf das Board zu. Er auf der einen Seite, die Arme nach mir ausgestreckt, als wäre ich eine Sechsjährige, die gerade zum ersten Mal auf dem Fahrrad sitzt. Und ich auf der anderen Seite, den Blick starr auf das Skateboard gerichtet.

Dann nehme ich Schwung und springe.

Eine Sekunde lang fühlt es sich so an, als ob ich es schaffen würde, aber dann rutscht das Board weg und ich verliere die

Balance. Ich spüre zwei Hände, die nach mir greifen. Ich falle nicht. Asbjørn ist da.

»Versuch es gleich noch mal!«, ruft er. »You can do it!«

Und ich versuche es.

Noch mal.

Und noch mal.

Und noch mal.

Und noch mal.

Und dann klappt es. Meine Füße landen dort, wo sie landen sollen, und das Skateboard rollt langsam los.

»Glückwunsch!«, ruft Asbjørn. »Du skatest!«

Frans kommt auf uns zugelaufen.

»Whazzup?«, fragt er.

»Liv skatet!«, ruft Asbjørn noch mal.

Da lächelt Frans.

Und ich muss einfach noch ein bisschen weitermachen, weil Frans mich so schön angelächelt hat.

Ich merke kaum, wie die Zeit vergeht. Schon ist Mittagspause.

»Wasim und Benjamin, könnt ihr den Grill aus dem Hinterhof des Clubs holen?«, fragt Asbjørn.

Die Jungs nicken und laufen aus dem Skatepark.

»Frans und ich gehen Grillfleisch kaufen«, sagt Asbjørn. »Ihr Mädels könnt euch in der Zwischenzeit ausruhen. Ihr habt heute richtig große Fortschritte gemacht. Total super!«

Ich setze mich auf die Bank und ziehe meine Wasserflasche aus dem Jutebeutel.

Melissa bleibt vor mir stehen und kippelt auf ihrem Skateboard. Ihr Blick folgt Asbjørn und Frans, bis die beiden nicht mehr zu sehen sind.

»Du weißt schon, dass er das nur sagt, um nett zu sein, oder?« Melissas Stimme klingt eisig.

»Was meinst du?«, frage ich.

»Das mit den *großen Fortschritten*«, sagt sie und malt mit den Fingern Anführungszeichen in die Luft.

Ich trinke einen Schluck.

»Okay«, sage ich und stelle die Flasche weg.

Melissa wirft ihre Haare zurück.

»Es weiß doch jeder, dass du nur hier bist, weil deine Mutter Frans' Mutter kennt.«

Es versetzt mir einen Stich, als sie das sagt.

»Jeder weiß, dass du keine richtige Skaterin bist«, fährt sie fort. »Und du wirst auch nie eine werden.«

Meine Brust brennt. Woher das kommt, merke ich erst, als ich nach dem goldenen Elefanten greife. Der Anhänger ist in der Sonne ganz warm geworden. Ich stehe auf und schaue Melissa direkt in die Augen.

»Okay«, sage ich. »Dann erzähl mir mal, was eine echte Skaterin ausmacht.«

Sie schnaubt, weicht aber einen Schritt zurück, bevor sie weiterspricht.

»Es weiß doch jeder, dass man erst ein echter Skater ist, wenn man einen Drop-in ohne Bail schafft.«

Ein Windstoß fährt in die Eichenkronen auf dem Friedhof.

»Ich habe keine Ahnung, wovon du sprichst«, sage ich.

»Siehst du!« Sie lacht heiser. »Du weißt nicht mal, was das *ist.*«

Sie hat ein trockenes, fieses Lachen.

»Zeig mir's doch«, antworte ich schnell. »Wenn du so schrecklich cool bist.«

Sie wirft ihre langen schwarzen Haare zurück und geht weiter in den Park hinein. Ich folge ihr. So leicht kommt sie mir nicht davon. Dann stehen wir am Rand von etwas, das wie ein leeres Schwimmbecken ohne Kacheln aussieht. Die *Bowl*, denke ich.

Melissa rückt ihren Helm zurecht.

Sie platziert das Board an der Kante und stürzt sich in die Tiefe.

Es ist, als wäre das Skateboard eine Verlängerung ihres Körpers. Während sie in dem großen Halbrund hin und her flitzt, sitzt es wie festgeklebt unter ihren Füßen. Es tut weh, sie so zu sehen. Denn sie hat recht, sie ist eine echte Skaterin.

Schließlich fährt sie den Rand der Bowl hoch und bremst neben mir ab.

»*Das* war ein Drop-in ohne Bail«, sagt sie.

Ihr Stimme trieft vor Selbstzufriedenheit.

»Wenn du jemals bei einem Typen wie Frans landen willst, solltest du das können. Aber davon kannst *du* natürlich nur träumen!«

Sie starrt mich herausfordernd aus ihren dunklen Augen an.

Ich brauche keine zwei Sekunden, um mich zu entscheiden. Ich werde diese Bowl fahren, und wenn es das Letzte ist, was ich tue. Ganz sicher werde ich Frans nicht kampflos Melissa überlassen. Ich glaube, das hat Frau Blix gemeint, als sie sagte, dass man nicht erwarten kann zu gewinnen, wenn man erst gar nicht mitspielt. Und jetzt ist es wirklich höchste Zeit, Melissa mit ihren eigenen Waffen zu schlagen. Diese beschissene Melissa mit ihrem Glitzerlipgloss! Ich werde es tun!

»Okay«, sage ich und ziehe zum x-ten Mal an diesem Tag den Helmverschluss fest. »Wenn du das kannst, kann ich das verdammt noch mal auch!«

Meine Hände sind feucht. Ich spüre, wie ein Schweißtropfen meinen Rücken hinunterläuft. Erst der Bund meiner Unterhose stoppt ihn. Nein. Nein. Nein.

Was hab ich mir da bloß eingebrockt?, denke ich. Ich bin zu jung, um zu sterben.

Aber meine Beine bewegen sich trotzdem auf die Bowl zu. Langsam setze ich das Skateboard an der Kante ab, versuche Luft zu holen, doch der Atem bleibt mir im Hals stecken.

Jetzt wird es passieren.

Ich habe Angst. Angst davor, dass ich schwer werde, schwer wie ein Stein. Dass ich es nicht schaffe, den Kopf hochzuhalten, dass ich mit ihm voranfalle und der restliche Körper hinterher. Dass ich querschnittsgelähmt zu mir komme, dass die Lähmung auch die Atmung erfasst, dass ich aufhöre zu atmen. Ich werde sterben, sehe den Grabstein deutlich vor mir:

Hier ruht Liv Carlsen.
Sie kam bei einem tragischen Skateboardunfall
ums Leben.

Die Welt steht still.

Ich lehne mich vor.

Das Board unter meinen Füßen wackelt.

Eine Sekunde lang ist es ganz still. Slow Motion. Der Himmel. Die Vögel. Ich. Das Skateboard fühlt sich auf einmal wie ein Seifenstück an. Dann schießt es wie ein Projektil unter mir davon und poltert in den Abgrund. Ich krache mit dem Po auf den Boden und poltere hinterher. Meine Zähne rasseln im Mund aufeinander.

Dann sitze ich da, ganz unten in der Bowl.

Melissas Augen verdunkeln sich.

Ich versuche zu grinsen. Aber dann schmecke ich Blut und stehe vorsichtig auf. Mein rechtes Bein pocht.

»Ich hab leider Besseres zu tun, als alten Omas zu helfen!«, ruft Melissa.

Da höre ich plötzlich Frans, der Melissa zuruft: »Yo! Whazzup?!?«

»Sie wollte unbedingt ’nen Drop-in machen, obwohl ich gesagt hab, dass das zu gefährlich für sie ist. Und jetzt hat sie sich wehgetan, das arme kleine Mädchen.«

Melissas Augen sind schmal.

Die Wände hier unten werfen das Geräusch von Frans’ Schritten zurück, die schnell näher kommen.

»Shit, du blutest ja!«, ruft er, als er mich fast erreicht hat.

Dann springt er in die Bowl und schlittert auf mich zu. Da erst entdecke ich sie. An meinem rechten Bein prangt eine lange fiese Wunde. Meine Ohren sausen. Vorsichtig spucke ich aus. Meine Spucke ist hell wie immer, aber mit einem dünnen roten Streifen darin. Gott sei Dank liegen keine Zähne in der Lache. Ich habe wohl Glück gehabt.

Das Geräusch weiterer schneller Schritte reißt mich aus meinen Gedanken. Es ist Asbjørn.

»Alles okay?«

»Ja«, sage ich und wische mir mit dem Handrücken über den Mund.

»Hatten wir nicht vereinbart, dass ihr euch ausruhen sollt?« Asbjørns Stimme klingt beinahe streng.

Schuldbewusst senke ich den Blick.

Da spüre ich Frans’ Hand auf meiner Schulter.

»Liv kann nichts dafür«, sagt er. »Da bin ich mir sicher.«

Verblüfft schaut Asbjørn Melissa an.

»Stimmt das?«

»Guck mich nicht so an«, sagt sie schnippisch. »Es war Liv, die unbedingt einen Drop-in machen wollte.«

»Was ist passiert, während wir weg waren?«

»Nichts«, sagt Melissa und sieht immer noch eingeschnappt aus.

Asbjørns Blick kommt zu mir zurück.

Ein Teil von mir würde ihm am liebsten alles erzählen. Aber etwas sagt mir, dass das keine gute Idee ist. Man muss schließlich kein Genie sein, um zu kapieren, dass Petzen nicht besonders cool ist. Und selbst wenn ich Mädchen wie Melissa hasse, muss ich trotzdem das Gymnasium überleben. Es ist schlimm genug, Madame Marmorkuchen zu heißen, da muss ich nicht auch noch Liv Lästermaul sein.

»Nichts«, sage ich nach einer kurzen Pause. »Ich wollte bloß mal ausprobieren …«

Asbjørn räuspert sich. Er sieht gar nicht mehr sanft aus.

»Okay«, sagt er. »Von jetzt an übt KEINER mehr in der Bowl, wenn Frans und ich nicht dabei sind. Habt ihr das verstanden?«

»Aaaargh!«, ruft Melissa frustriert und läuft weg.

Ich drehe mich um und gucke zu Frans hoch. Mein Herz macht einen kleinen Satz. Er schaut mich immer noch aus seinen runden Augen an.

Asbjørn klettert zu uns hinunter und gemeinsam helfen die beiden mir, die Bowl zu verlassen.

Wasim und der andere Junge – heißt er Benjamin? – stehen

auf dem Platz, den Grill zwischen sich. Ihre Münder sehen aus wie große schwarze Os.

»Ist alles in Ordnung?«, flüstert Wasim.

»Ja, ja«, sage ich und humple ihnen entgegen, Frans an der einen Seite, Asbjørn an der anderen. »Ich bin bloß auf die Nase gefallen, drüben, in der Bowl.«

Dann haben sie zum Glück genug damit zu tun, den Grill aufzustellen. Kurz darauf zündet Asbjørn die Grillkohle an. Über die Flammen hinweg brennt sich Melissas Blick in mein Gesicht. Ihre Augen sind zwei glühende Kohlen. Sie hat wohl nicht damit gerechnet, dass Asbjørn und Frans so schnell zurückkommen würden.

Wasim und Benjamin schauen unsicher von einem zum anderen.

Wir essen, während die Möwen über unseren Köpfen flattern. Danach verdonnert mich Asbjørn dazu, nach Hause zu gehen, um die Wunde zu reinigen und mein Bein zu verbinden.

Ich humple in Richtung St. Halvards Gate. Heute Morgen kam mir der Weg noch so kurz vor. Jetzt wirkt er länger als der Aufstieg auf den Galdhøpiggen.

Frans läuft neben mir, er plappert mal wieder wie ein Wasserfall. »... und wenn du dich in der Halfpipe sicher fühlst, DANN kann ich dir zeigen, wie du die Bowl fährst ...«

Ich seufze und humple weiter.

An einer Häuserecke am Ende der Munkegate halten wir an.

»Warum …?«, fragt Frans nach einer kurzen Pause. »Warum hast du das gemacht?«

Seine grünen Augen schauen mich fragend an.

»Weil ich …«, setze ich an.

… weil ich in dich verliebt bin, denke ich. Weil ich dir zeigen wollte, dass ich genauso cool bin wie Melissa. Weil ich nicht länger eine Langweilerin sein wollte …

Aber DAS kann ich natürlich nicht sagen.

»Weil ich …«

Ich suche nach den richtigen Worten. Worte, die es in sich haben.

»Weil ich Melissa zeigen wollte, dass man sich nicht mit Liv Carlsen anlegt.«

Da grinst Frans.

»Respect«, sagt er und hält mir die Hand zum High-five entgegen.

Ich schlage ein.

Dann schleichen wir im Schneckentempo weiter. Frans bringt mich bis zur Wohnungstür. Ich habe nicht geahnt, dass es schwerer ist, die Treppenstufen in der Schweigaards Gate 69 hochzuhumpeln, als Norwegens höchsten Berg zu besteigen, aber so ist es. Vor der Wohnungstür bleibe ich keuchend stehen.

»Ich geh dann mal«, sagt Frans.

Er studiert angestrengt seine Schuhe.

MACH WAS, denke ich.

»Danke«, sage ich und humple näher.

Da schaut er auf. Mein Blick trifft auf die grünsten Augen der Welt. Mein Magen zieht sich zusammen.

Ich gehe noch einen Schritt auf ihn zu. Und er tut dasselbe.

Eigentlich wollte ich ihn bloß umarmen, aber genau in diesem Moment dreht er den Kopf. Er schmeckt nach Räucherschinken. Seine Haut riecht nach Kokos.

Und mein Herz tanzt wie ein Junkie mit Frühlingsgefühlen auf dem Glatteis.

Kapitel 16

»Bis morgen«, flüstere ich.

Irgendetwas muss man schließlich sagen, nachdem man jemanden zum ersten Mal geküsst hat.

Da öffnet Frans die Augen.

»Oh yeah«, sagt er.

Er hält meinen Blick, bis er den unteren Treppenabsatz erreicht hat.

Ich taumle in den Flur. Mama ist wieder mal in der Küche und wäscht ab. Von ihren gelben Gummihandschuhen tropft Wasser.

»Was ist passiert?«, fragt sie.

Ihre Gesichtsfarbe verändert sich innerhalb von zwei Sekunden von normal zu leichenblass.

»Ich bin gestürzt«, sage ich. »Beim Skaten.«

Ich grinse immer noch, schaffe es nicht, aufzuhören.

ICH HABE FRANS GEKÜSST!, denke ich. Er hat MICH geküsst. WIR haben uns geküsst. ICH und er.

Mama bugsiert mich ins Badezimmer.

»Bist du mit dem Kopf aufgeschlagen?«, fragt sie skeptisch.

»Nein, keine Sorge«, sage ich. »Ich hatte den Helm auf.«

Ich lächle immer noch vor mich hin.

»Hmm«, macht Mama und holt das Desinfektionsspray aus dem Schrank.

Am Abend kocht Mama Apfelsaft mit Zimt und Honig auf. Draußen ist es jetzt schon dunkler als noch vor ein paar Wochen. Der Herbst kommt, obwohl die Sommerferien noch nicht vorbei sind. Bei uns zu Hause gehören Herbstdunkelheit und der Geruch von Zimt zusammen.

»Ich muss sagen, dass ich ziemlich stolz auf dich bin«, meint Mama, während sie mir Saft einschenkt.

Ich schaue sie verwundert an.

»Stolz?«, frage ich.

Da lacht sie.

»Ja, wirklich«, sagt sie. »Ich hätte nicht gedacht, dass du den Mut hast, am Skatekurs teilzunehmen. Als ich so alt war wie du, hätte ich mich das jedenfalls nicht getraut.«

Ihre lieben Mamaaugen ruhen auf mir.

»Du bist viel mutiger, als ich es mit zwölf war«, fügt sie hinzu.

»Dreizehn«, berichtige ich.

»Tatsächlich, am Wochenende wirst du schon dreizehn«, sagt Mama. »Kaum zu glauben, wo die Jahre abgeblieben sind.«

Kapitel 17

Am nächsten Morgen lasse ich mir Zeit im Bad. Ich wasche meine Haare zweimal, damit sie besonders schön glänzen, und creme mich dann mit der teuren Bodylotion mit Glitzer und einem leichten Selbstbräunungseffekt ein, die Ida mir letztes Jahr zu Weihnachten geschenkt hat.

Ich will so hübsch wie möglich sein, wenn ich Frans wiedertreffe.

Vielleicht können wir uns sogar vor Melissa küssen?

Meine Lippen kribbeln vor Erwartung.

Ich schlinge das Frühstück hinunter und laufe in den Flur. Der Jutebeutel mit Helm und Handgelenkschonern liegt bereit.

»Vergiss dein Mittagessen nicht!«, ruft Mama.

Sie wedelt mit einem grauen Päckchen.

Ich mache auf dem Absatz kehrt, sause zurück in die Küche, schnappe mir das Päckchen und breche auf.

Manche Sommertage sind schöner als andere. Heute ist so ein Tag. Es kommt mir vor, als würde die Sonne mehr wärmen als sonst. Der Himmel ist blauer und das Gras grüner. Den ganzen Weg zum Skatepark laufe ich, obwohl die Wunde unter dem Verband etwas wehtut.

Ich halte nicht an, bevor ich das Tor passiert habe und Ulriks Rücken vor mir sehe. Dann aber mache ich eine Vollbremsung. Eine unsichtbare Faust trifft mich direkt in den Magen. Ausgerechnet heute, wo ich so gute Laune habe, denke ich.

Schon seit dem Kindergarten hat Ulrik ein Liv-Radar. Kaum dass ich einen Raum betrete, auf den Schulhof komme oder mich ihm sonst irgendwo nähere, dreht er sich um. So ist es auch heute.

»Kommt da etwa die Schlampe?«, ruft er und grinst. »Liv! Wo hast du dein Schlampenoutfit gelassen? Hat deine Mama dir verboten, es zu tragen? Du bist also zurück bei deinem Omalook?«

Ich kann nicht wegrennen, bevor ich nicht weiß, ob Frans da ist. Ist er da? Mein Blick scannt die Clique nach einem blonden welligen Haarschopf, grünen Augen und der Nase mit dem kleinen hübschen Höcker.

Frans, wo bist du?

Ich stehe wie festgewachsen auf dem Asphalt. Ulrik kommt näher. Das Schlimmste, was man ihm antun kann, ist, ihn zu ignorieren.

»Hast du mich nicht gehört, SCHLAMPE?!?«, ruft er.

»Hey!«, höre ich da plötzlich laut hinter mir.

Asbjørn schiebt sein Fahrrad durch das Tor.

»Es ist nicht okay, jemanden so zu nennen«, sagt er. »KAPIERT?!?«

Ulrik huscht zurück zu den anderen. Wie eine zähe Masse schieben sie sich über den Asphalt davon. Das Letzte, was ich von ihnen sehe, sind Ulriks stahlgraue Augen, die mich wütend anfunkeln, während er durch das Tor verschwindet.

Mein Herz hämmert immer noch hart gegen meinen Brustkorb.

Wo ist Frans?

Ich gehe zu Asbjørn.

»Alles in Ordnung?«, fragt er.

Seine Augen ruhen auf mir, und er sieht besorgt aus.

»Ist schon okay. Ulrik ist halt Ulrik«, sage ich und verdrehe die Augen.

Da lacht Asbjørn.

»Das kannst du laut sagen!«

Er schließt sein Fahrrad hinter dem Skateboardschuppen an.

»Übrigens«, sage ich, »weißt du, wo Frans ist?«

Asbjørn richtet sich auf. Er sieht immer noch etwas betrübt aus.

»Frans kann heute nicht kommen«, sagt er. »Irgendeine Familienangelegenheit. Mehr weiß ich auch nicht.«

Mein Herz ist ein U-Boot. Immer wenn ich denke, dass es zur Oberfläche emporsteigt, sinkt es stattdessen in tausend Meter Tiefe.

Das Skaten klappt heute trotzdem ziemlich gut. Asbjørn bringt mir bei, mit dem Fuß zu beschleunigen und zu bremsen. Und ich schaffe sogar meinen ersten Ollie, fast jedenfalls.

Aber die ganze Zeit über habe ich so ein schweres, trauriges Gefühl in mir. Es ist, als ob ein großer Stein auf meine Brust drückte.

Denn was ist bei Frans los?

Ist jemand in seiner Familie krank geworden?

Vielleicht liegt auch seine Oma im Sterben?

Das einzig Positive ist, dass Melissa nicht auftaucht. Und ich bin tatsächlich ein wenig stolz, dass ich den ganzen Tag lang skate, obwohl Frans nicht da ist. Ich fahre Skateboard, weil ich Lust dazu habe.

»Oh«, sagt Asbjørn plötzlich. »Sollen wir für heute Schluss machen?«

Ich bremse und schaue auf mein Handy. Wasim und Benjamin schlendern von der Halfpipe zu uns herüber.

15:50 steht auf dem Bildschirm.

»Ja«, seufze ich. »Das müssen wir wohl.«

Asbjørn grinst.

»Wer hätte vor vier Tagen gedacht, dass ich dich mal aus dem Skatepark jagen müsste?«

Er knufft mich in die Seite.

Wasim und Benjamin lachen. Und da muss ich auch lachen. Es ist tatsächlich ziemlich komisch, dass ausgerechnet MIR

Skateboardfahren auf einmal Spaß macht. Mir, die sich am Montag vor Angst noch fast in die Hose gemacht hätte.

Wir gehen zum Schuppen hinüber. Ich räume mein Skateboard und die Knieschoner auf das oberste Regalbrett. Wasim und Benjamin legen ihre Sachen auf das unterste. Asbjørn schließt sein Fahrrad auf. Während ich den Helm und die Handgelenkschoner in meinen Jutebeutel stopfe, schiebt er die Schuppentür zu und schließt ab.

»Denkt daran, dass morgen das Abschlussfest stattfindet«, sagt er dann.

»Was?«, frage ich.

Ich kann mich nicht daran erinnern, schon einmal von einem Abschlussfest gehört zu haben.

»Das hab ich euch doch am ersten Kurstag erzählt«, sagt Asbjørn. »Eure Familien und Freunde können am letzten Tag zuschauen. Lise, Åsta und Jasemin habe ich auch eingeladen. Einige Mütter bringen Kuchen mit.«

Asbjørns Augen strahlen hinter seinen Brillengläsern.

»Wie schön«, piepse ich.

Aber ich merke, wie ich zu schwitzen beginne.

Fremde Leute sollen beim Training zuschauen? WEM sollen sie denn zuschauen? WAS erwarten sie, geboten zu bekommen? Ich sehe die Szene vor mir. Asbjørn als Zirkusdirektor: »Meine Damen und Herren! Tusch und Trommelwirbel! Manege frei für die unschlagbare, Marmorkuchen essende, Kniffel spielende Liiiiiiv Caaaarlsen! Applaus, Applaus! Und was glauben Sie, was uns dieses Unikat von einer Dreizehnjährigen vorführen wird?« – Stille – »Ja! Sie wird auf ein Skateboard springen, ein paar Meter fahren und dann … bremsen! Fantastisch, oder?!?«

Meine Hände werden ganz kalt. Ich halte Asbjørn am Arm zurück.

»Melissa und Frans sind morgen wieder da, oder?«, frage ich und bohre meine Finger in seinen Jackenärmel.

Er lächelt nur.

»Davon gehe ich aus«, sagt er. »Bis morgen dann!«

Ich lasse ihn los.

Asbjørn schwingt sich auf sein Fahrrad und fährt davon. Wasim und Benjamin folgen ihm. Nur ich bleibe zurück.

Genau in diesem Moment piepst es in meinem Jutebeutel. Mein Herz macht einen Satz. Vielleicht eine Nachricht von Frans? Ich krame nach dem Handy.

Aber die Nachricht ist nicht von Frans. Sie ist von der Bibliothek.

Folgende Medien sind bald fällig:
Rossebø, Arild: David skatet
Fällig am 17. August
Viele Grüße, Deichman-Bibliothek

Das erinnert mich an Hallgrim. Hallgrim mit dem langen Pferdeschwanz und den buschigen Augenbrauen. Omas bester Freund und – bevor ich Frans und Asbjørn kennengelernt habe – auch mein einziger Freund.

Plötzlich spüre ich einen Kloß im Hals.

Ich habe Hallgrim nicht mehr besucht, seit ich das Buch ausgeliehen habe. Ich bekomme ein furchtbar schlechtes Gewissen. Dann fallen mir die alten Freundinnen ein. Ich hatte versprochen, am Mittwoch ins Schwimmbad zu kommen, aber das habe ich total vergessen. Ich bin die schlechteste Freundin aller Zeiten.

Der Kloß im Hals wächst.

Vielleicht gehen sie heute zur Wassergymnastik, denke ich hoffnungsvoll. Dann kann ich ihnen alles erklären.

Ich renne nach Hause, schnappe mir meinen Schwimmbeutel und rase weiter zum Schwimmbad.

Die Damenumkleide im Tøyenbad erinnert an ein verlassenes Schlachtfeld in einem Computerspiel. Der Fußboden ist dreckig und vergessene Kleidungsstücke liegen an den unmöglichsten Stellen. Eine Socke sieht aus, als hätte sie gerade von der Bank auf den Boden hüpfen wollen, aber abrupt innegehalten, als ich die Tür öffnete.

Ich stürze unter die Dusche und lasse das eiskalte Wasser über meinen Körper strömen, bevor ich in meinen Badeanzug schlüpfe und mir die Schwimmbrille auf den Kopf schiebe.

Dann renne ich in die Schwimmhalle.

»Frau Blix!«, rufe ich. »Bunny! Witwe Larsen?!?«

Die Truppe im Becken hält inne und starrt mich neugierig an.

Ein wütender Trainer kommt mit raschen Schritten auf mich zu.

»Du kannst hier nicht einfach mitten in der Stunde reinplatzen!«, faucht er. »Entweder nimmst du am Kurs teil oder nicht, junge Dame!«

Mein Blick schweift über die Reihen grauer Köpfe, die aus dem Wasser ragen.

Aber keines der Augenpaare, die angestrengt in meine Richtung blinzeln, gehört zu den alten Freundinnen.

»Entschuldigung«, sage ich.

Und dann gehe ich zurück in die Umkleide. Ich schaue noch schnell in die Sauna, aber die Bänke sind leer und der Saunaofen ist abgeschaltet.

Ich habe nie darüber nachgedacht, was die alten Freundinnen machen, wenn sie nicht im Tøyenbad sind. Oma und ich haben sie immer nur hier getroffen. Ich erinnere mich zwar, dass sie ab und an zu Omas Gedichtlesungen in der Bibliothek gekommen sind, aber die fanden samstags statt und heute ist Freitag.

Als ich die Bibliothek betrete, ist es still. So eine seltsame hohle Stille. Meine Schritte hallen. So muss man sich in einer großen unterirdischen Grotte fühlen, denke ich, oder in einem Bunker. Es ist fast ein bisschen unheimlich.

Auf dem Weg zur Literaturabteilung nehme ich zwei Treppenstufen auf einmal.

Hallgrim sitzt da, wo er immer sitzt. Sein Pferdeschwanz baumelt über einem Rolling-Stones-T-Shirt von der Europatournee 1990. *Urban Jungle* schreien die Buchstaben mir entgegen.

»Hallo«, sage ich vorsichtig.

Er dreht sich langsam um. Ein Lächeln blitzt unter seinem Bart hervor.

»Na so was, ist das etwa meine Liv?«

Da muss ich ebenfalls grinsen.

»Sieht ganz so aus«, sage ich.

Dann ziehe ich das Buch über David, der skaten lernt, aus meinem Jutebeutel.

»Hier«, sage ich. »Danke fürs Ausleihen.«

»Hat's denn geklappt?«, erkundigt sich Hallgrim. »Kannste jetzt skaten?« Unter seinen buschigen Brauen wirft er mir einen vorsichtigen Blick zu.

»Ja«, sage ich. »Zumindest etwas.«

»Wirklich?«

»Aber ich hab's nicht mit dem Buch gelernt«, erkläre ich. »Sondern weil ich bei einem Skatekurs mitgemacht hab.«

»Jesses.« Hallgrim zieht die riesigen Augenbrauen hoch.

»Morgen machen wir ein Abschlussfest«, fahre ich fort. »Für

unsere Eltern und Freunde und so. Hast du vielleicht Lust zu kommen?«

Da wird Hallgrims Blick ganz komisch. Wüsste ich es nicht besser, würde ich glatt denken, dass der alte Rocker ein paar Tränen vergießt.

Er räuspert sich.

»Klaro«, brummt er.

»Die Vorführung findet im Skatepark Gamleby statt«, sage ich. »Um zwölf.«

»Das passt wie die Faust aufs Auge«, antwortet er. »Ab morgen hab ich Urlaub und noch nix vor.«

Ich lächle ihm zu.

»Danke.«

»Da nich für, Liv«, murmelt er verlegen. »Danke, dass du mich eingeladen hast.«

»Ich wünschte, Oma könnte dabei sein«, sage ich und greife nach dem goldenen Elefanten.

Da bekommt Hallgrim schon wieder feuchte Augen.

»Es würde mich nicht wundern, wenn sie auf ’nen kleinen Abstecher vorbeikäme«, sagt er und zwinkert. »Die im Himmel haben Tribünenplätze, weißte.«

Ich starre zu Boden, während Hallgrim sich mit seinem Stofftaschentuch die Nase putzt. Es klingt, als würde er in eine verstimmte Trompete blasen.

»Du, Hallgrim«, sage ich. »Weißt du, wie ich Omas alte Freundinnen erreichen kann? Witwe Larsen, Bunny und Frau Blix?«

Hallgrims Miene hellt sich auf. Er ist sichtbar erleichtert, das Thema wechseln zu können.

»Klar«, sagt er, »das kriegen wir hin. Jedenfalls, wenn du dich an ihre Vornamen erinnerst.«

Mein Herz, das gerade angefangen hat, wie ein fröhlicher Lachs zu zappeln, sinkt enttäuscht zurück auf seinen Platz.

»Nein«, sage ich. »Ich habe keinen blassen Schimmer, wie sie mit Vornamen heißen.«

»Hmm«, überlegt Hallgrim und kratzt sich am Bart. »Dabei hab ich sie genau vor Augen.«

Er schmunzelt.

Dann tippt er etwas ein.

»Øyvind Blix«, murmelt er. »Audun Blix … Oder vielleicht Inger Johanne Blix?«

In dem Moment fällt es mir ein. Ich habe plötzlich wieder im Ohr, was Frau Blix Witwe Larsen zugerufen hat, als ich die alten Freundinnen zum ersten Mal allein im Schwimmbad getroffen habe.

»Ich weiß es!«, rufe ich.

Eine Bibliothekarin, die aus einem der Harry-Potter-Bücher stammen könnte, wirft mir einen strengen Blick zu. Sie hält missbilligend den Zeigefinger an die Lippen und schüttelt den Kopf.

Aber Hallgrim kümmert sich nicht um sie.

Stattdessen schaut er mich aufmerksam an.

»Witwe Larsen heißt Margrethe mit Vornamen«, flüstere ich.

»Okidoki«, flüstert Hallgrim zurück.

Dann tippt er beinahe lautlos etwas ein, bevor er den Bildschirm zu mir dreht.

Die Nummer von Witwe Larsen leuchtet mir entgegen.

Ich krame mein Handy aus der Jackentasche. *Hallo, Witwe Larsen,* schreibe ich. *Haben Sie und Bunny und Frau Blix Lust, morgen zum Abschlussfest vom Skatekurs zu kommen? Es gibt Kaffee und Kuchen und so, um zwölf Uhr. Viele Grüße, Liv.*

Es dauert keine Minute, bis die Antwort eintrifft.

JA. WIR KOMMEN. :-) GRÜSSE, MARGRETHE LARSEN

Als ich auf dem Rückweg in der Straßenbahn sitze, denke ich über das nach, was Hallgrim gesagt hat. Das mit Oma. Er hat es so schön formuliert. Ich habe bisher nie darüber nachgedacht, dass Oma aus dem Himmel zuschauen könnte. Dass sie auf einer Wolke sitzt und über den Himmel am Skatepark surft.

Dann erinnere ich mich an das Brausen in den Eichen auf dem Friedhof.

Vielleicht war das Oma?

Kapitel 18

Es sieht aus, als wäre in unserer Küche eine Bäckerei explodiert. Überall ist Mehl. Und mitten im Raum, die Arme um die Küchenmaschine geschlungen, als halte sie ein durchgehendes Pferd, steht Mama. Sie hat Kakaopulver auf der Nase.

»Hallo, Liv!«, brüllt sie.

»Was machst du da?«, rufe ich zurück.

»Ich backe Schokokuchen!«, schreit sie. »Alle lieben Schokokuchen, nicht wahr?«

Mama backt Hefeschnecken. Sie backt immer Hefeschnecken. Himmlische, große, luftige Schnecken. Schokokuchen hat sie seit meinem Kindergeburtstag in der dritten Klasse nicht mehr gemacht. Damals kam bloß Ida, zum Glück, denn der Kuchen schmeckte ungefähr so gut wie ein Stück Asphalt.

Ich ziehe den Stecker der Küchenmaschine. Mama schaut mich erschrocken an.

»Glaub mir«, sage ich und nehme sie in den Arm. »Alle lieben Hefeschnecken.«

Da sinkt sie in meiner Umarmung etwas zusammen.

»Okay«, sagt sie. »Dann mach ich Hefeschnecken.«

Abends kann ich nicht einschlafen. Ich liege im Bett und denke über all das nach, was in letzter Zeit passiert ist. An die Verabredung mit Frans und seiner Mutter. An den Skatekurs. An Asbjørn und die Verkäuferin im Skateshop. Im letzten Monat habe ich mit mehr Leuten gesprochen als normalerweise in einem ganzen Jahr.

Aber gleichzeitig mache ich mir Gedanken um Frans. Was ist passiert? Lassen sich seine Eltern scheiden? Ist seine große Schwester krank?

Ich nehme das Handy vom Nachttisch. Frans' Nummer habe ich schon vor langer Zeit eingespeichert. *Whazzup?*, schreibe ich und ergänze ein Zwinkersmiley. Dann stocke ich.

Seit wann sage ich whazzup?

Ich drücke auf *Löschen*. Die Buchstaben verschwinden.

Hi. Das Skateboardfahren hat heute richtig gut geklappt, ich hab fast einen Ollie geschafft.

Fast, denke ich. Das klingt nicht besonders beeindruckend.

Ich stöhne.

Wieder drücke ich auf *Löschen*, bis mein Daumen wehtut.

Hallihallo!

Nein, denke ich streng. Ich bin doch keine Kinderfernsehmoderatorin aus prähistorischer Zeit!

Huhu!

Ich glaube nicht, dass das passt …

Was geht?

Nein, nein, nein.

Frustriert werfe ich das Handy in die Ecke. Jemandem zu schreiben ist eh schon eine schwierige Angelegenheit. Aber einem Skater zu schreiben, an dem man ein bisschen überdurchschnittlich interessiert ist …

Tja, das ist unmöglich.

Kapitel 19

Es ist komisch, mit Mama zum Skatepark zu gehen.

Vor fünf Tagen hat sie mich zwar auch dorthin begleitet, aber es fühlt sich an, als wäre das vor fünf Monaten gewesen. Denn in den letzten Tagen ist so viel passiert, dass seit Montag ein ganzes Leben vergangen sein könnte.

Mama trägt den Korb mit den Hefeschnecken und summt vor sich hin. Sie hat ihr langes weißes Sommerkleid an und ihre Haare in einem locker geflochtenen Zopf zusammengefasst. Ein Strohhut schützt sie vor der Sonne. Sie sieht aus, wie ich mir eine feine Dame im neunzehnten Jahrhundert vorstelle.

Arme Mama, denke ich. Hundert Prozent altmodisch, aber immer noch genauso lieb.

Während wir an der Ampel warten, nehme ich Mamas Hand und drücke sie. Mama schaut mich an und streicht mir flüchtig über den Kopf. Ich werfe einen Kontrollblick in alle Richtungen. Beobachtet uns jemand? Aber wir warten ganz allein auf Grün.

Als wir um die letzte Ecke biegen, stelle ich fest, dass Asbjørn wohl unterschätzt hat, wie viele Leute kommen werden. Gestern hat er von uns sieben und unseren Familien gesprochen.

Aber der Skatepark kocht vor Menschen.

Aus einem orangefarbenen Lautsprecher schallt die Stimme eines Rappers. Asbjørn ist damit beschäftigt, Limonade in Plastikbecher zu gießen, die in einer Reihe auf der Bank stehen. Åsta und Lise sitzen zusammen mit ein paar anderen Mädchen an einem Tisch. Lise hat einen riesigen Gipsarm, während Åsta einen Kragen um den Hals trägt. Sie winken mir zu und ich winke zurück.

»Sind die beiden nicht aus deinem Kurs?«, fragt Mama.

»Doch«, sage ich.

»Dann geh mal rüber und setz dich zu ihnen. Na los.«

»Ich warte auf Frans«, wehre ich ab.

In diesem Moment betritt Ulrik den Platz. Und als ich registriere, wen er an der Hand hält, klappt meine Kinnlade so weit runter, dass sie beinahe auf dem Asphalt aufschlägt.

Es ist Melissa. Melissa!

»What's up, bitches?«, ruft Ulrik.

Melissa und er drehen eine kleine Runde über den Platz, bevor sie stehen bleiben und heftig zu knutschen beginnen.

»Puh.« Mama blinzelt kurz, als hoffte sie, den schrecklichen Anblick dadurch zu vertreiben. Dann geht sie zu Asbjørn und drückt ihm den Korb mit den Schnecken in die Hand.

Jetzt haben wir anderen endlich unsere Ruhe, denke ich, während ich beobachte, wie Ulrik sich an Melissa klammert. Die beiden werden sich gegenseitig das Leben schwer machen. Falls es Gott gibt, hat er wirklich einen hintergründigen Sinn für Humor.

Ich kichere leise vor mich hin. Dann schaue ich noch einmal den Hügel hinunter. Große Menschenmengen waren noch nie mein Ding.

Da tippt mir jemand auf die Schulter.

Frans, denke ich, und mein Herz dreht eine Pirouette.

Ich fahre herum.

Aber da steht bloß Hallgrim. Der ganze Hallgrim, einen Meter dreiundneunzig groß – ohne Schuhe gemessen. Unter seinen buschigen Augenbrauen grinst er verschmitzt. In der Hand hält er einen Pappbecher mit Kaffee.

»Ich dachte, ich sollte dir Hals- und Beinbruch wünschen«, sagt er und knufft mich in die Seite. »Also für die Show.«

Die *Show*?

Das Wort ätzt sich in mein Gehirn, und erst da erinnere ich mich wieder an meine gestrigen Katastrophengedanken. Asbjørn als Zirkusdirektor und ich als Marmorkuchen essende wilde Sau auf dem Skateboard. Mein Herz schlägt hart, hart gegen den Brustkorb.

ICH KANN DOCH NICHT VOR ALL DIESEN MENSCHEN SKATEBOARD FAHREN?!?

»Ääh, danke«, flüstere ich Hallgrim zu.

Er prostet mir mit seinem Kaffeebecher zu und nickt, bevor er in der Menge verschwindet.

Frans, wo bist du?, denke ich. Ich brauche dich jetzt.

Da sehe ich ihn plötzlich zusammen mit seiner Mutter durch das Tor kommen. Aber irgendwie ist er es doch nicht. Es ist nicht der Frans, den ich kenne. Etwas hat sich verändert. Als ob er zwanzig Zentimeter geschrumpft wäre. Er wirkt so schmal. So grau.

Ich laufe auf die beiden zu.

»Hi«, sage ich.

»Hi«, sagt Frans und eine Sekunde lang nehme ich ein schwaches Glänzen in seinen grünen Augen wahr. Dann werden sie wieder grau.

»Hallo, Liv«, begrüßt mich Anne. »Ich muss erst mal den Kuchen bei Asbjørn abliefern.«

Mit dem Kuchenblech in der Hand geht sie zu Mama und Asbjørn.

Frans und ich bleiben allein zurück.

»Was ist los?«, frage ich.

Mein Herz pocht.

»Ich will nicht drüber reden«, murmelt er und senkt den Blick.

»Worüber?«, flüstere ich zurück.

Mein Mund ist ganz trocken.

Frans fährt sich schnell über die Augen, aber er schaut noch immer zu Boden.

»Darüber«, sagt er. »Ich will nicht *darüber* reden, okay?«

Das Wort trifft mich wie ein Donnerschlag. Meint er den Kuss? Ist es das, was *darüber* bedeutet? Was sonst könnte er meinen? Was sonst könnte innerhalb der letzten sechsunddreißig Stunden, in denen wir uns nicht gesehen habe, passiert sein?

Ich erstarre.

Frans schaut mich endlich an, aber ich halte es keine Sekunde länger aus, hier mit ihm zu stehen. Also drehe ich mich um und gehe.

»Liv«, höre ich ihn leise sagen. »Bleib doch hier.«

Aber seine Worte fallen zu Boden. Denn manche Dinge sind aus Glas. Sie zerbrechen. Und das tut weh.

Aus dem Augenwinkel sehe ich, dass Asbjørn auf einen Stuhl geklettert ist.

»Hallo zusammen!«, ruft er und klatscht in die Hände.

Es wird still im Skatepark.

»Nun steht alles für das Abschlussfest des Skatekurses bereit«, sagt er und lächelt. »Vielen Dank an alle Eltern, die Kuchen und Limonade und ich weiß nicht, was alles mitgebracht haben. Und vielen Dank an *Gamleby Sport und Freizeit*, dass wir das Gelände und die Ausrüstung nutzen durften.«

Mama und einige andere Erwachsene applaudieren.

»Jetzt möchte ich die sieben mutigen Skateboardschülerinnen und -schüler zu mir bitten«, fährt Asbjørn fort. »Und Frans, falls du da bist.«

Wasim und Benjamin laufen nach vorn. Lise und Åsta stehen auf. Melissa reißt sich von Ulrik los und Jasemin bahnt sich ihren Weg durch die Clique aus der Parallelklasse. Auch Frans gesellt sich mit gesenktem Kopf dazu.

Eins, zwei, drei, vier, fünf, und schon stehen alle sechs vorn bei Asbjørn.

»Und Liv!«, ruft er. »Komm schon!«

Aber da fährt ein Windstoß über den Platz. Eine ordentliche Böe, die Sand und Staub zu einer dichten Wolke zusammenfegt. Es braust in den Eichen am Friedhof.

Ich stehe wie festgewachsen da, denke an Frans und an den Kuss und habe das Gefühl, mein Leben wäre vor gerade mal fünf Sekunden in die Brüche gegangen. Ich kann jetzt nicht skaten. Es tut zu weh. Alles in mir tut so fürchterlich weh. Mein Herz fühlt sich hohl an.

Also renne ich.

Durch das Tor.

Die Straße hinunter.

Über den Friedhof.

Nicht einmal an Omas Grab halte ich an. Renne einfach immer weiter. Die Treppe zum Ekebergåsen hinauf. Auf diesem Hügel habe ich mich oft versteckt, als ich klein war. Ich renne, bis ich der Wald bin und der Wald ich ist. Hier ist alles grün. Das Rauschen des Verkehrs ist verstummt. Ich lasse mich auf den Bauch ins Moos fallen. Mein Herz rast. Ich schaue in den

Himmel. Erlenzweige, dünn wie Omas Venen, strecken sich zwischen mir und den Wolken aus.

Wenn ein Baum im Wald umfällt, aber niemand hört es, macht er dann trotzdem ein Geräusch?

Wenn ein Mädchen an Liebeskummer stirbt, aber niemand weiß es, hat sie dann wirklich gelebt?

Während ich dort liege, werde ich furchtbar wütend. Ich werde wütend auf Frans. Ich werde wütend auf Mama, die mich unbedingt zu diesem bescheuerten Skatekurs anmelden musste. Aber vor allem werde ich wütend auf mich. Ich bin wütend, weil ich weggerannt bin.

Weil ich immer noch wegrenne.

In ein paar Tagen werde ich dreizehn.

Wie lange will ich denn noch wegrennen?

Da höre ich plötzlich ein Rascheln im Laub. Ich setze mich auf. Frans kämpft sich den Hang hinauf. Das T-Shirt umflattert seinen Oberkörper wie ein Segel und unter dem Hosenbund schaut ein Stück seiner Boxershorts hervor. Er ringt nach Luft.

»Du kannst echt rennen«, keucht er.

Dann plumpst er neben mir ins Moos.

Da schlage ich auf ihn ein.

Frans wälzt sich zur Seite und hält sich die Nase. Seine grünen Augen blitzen.

»Au! Warum machst du das?«

»Weil ich in dich verliebt bin.«

Die Worte verlassen meinen Mund, bevor ich nachdenken kann. Mein Herz setzt einen Schlag aus, bevor es wieder wie verrückt zu schlagen beginnt.

Und dann fange ich an zu weinen. Dumme, idiotische Tränen. Ich warte darauf, dass Frans aufsteht und geht. Aber das tut er nicht. Stattdessen richtet er sich auf und nimmt mich in die Arme. Er hält mich und hält mich, drückt mich so fest, dass es beinahe wehtut. Aber gleichzeitig fühlt es sich gut an. So geborgen.

»So hatte ich mir diesen Tag eigentlich nicht vorgestellt«, schluchze ich.

»Ich weiß, Liv«, sagt er und wiegt mich sanft. »Ich weiß.«

Nach einer Weile richte ich mich wieder auf. Wische ein paar Ameisen von meinem Kleid, das am Saum leicht eingerissen ist.

»Tja, also, das bin ich«, sage ich und breite die Arme aus. »Liv Carlsen. Verrückt und mit einem Humor, genauso trocken wie ein Marmorkuchen.«

Frans lacht.

»Deine Mutter ist aber noch verrückter«, sagt er.

Da muss ich auch lachen, denn dem kann ich zu hundert Prozent zustimmen.

»Meinst du, sie würde bei unserer Hochzeit völlig ausflippen? Zum Beispiel hunderttausend Hefeschnecken backen?«

Ich starre ihn an.

»Was hast du denn?«, fragt er. »Dürfen Jungs nicht an so was denken?«

An so was denken, denke ich.

»Noch nicht mal ICH habe an so was gedacht.«

Er hebt den Kopf und schaut mir tief in die Augen, bevor er ernst sagt: »Ich will mit dir zusammen sein.«

»Was?«, frage ich.

In meinen Ohren saust es.

Was hat er da gerade gesagt?, denke ich.

Ich blicke in die grünsten Augen der Welt. Frans' Miene wirkt aufrichtig.

»Ich will mit dir zusammen sein.«

Sein Blick weicht meinem keinen Millimeter aus.

Manche Wörter sind mehr wert als tausend Diamanten.

Ich stehe auf und küsse ihn. Diesmal ist es kein so halbherziger Kuss wie vor zwei Tagen. Diesmal ist es *the real thing*, wie Bunny sagen würde.

Kapitel 20

Auf dem Rückweg reden wir nicht viel, sondern halten uns einfach nur an den Händen. Das Händchenhalten ist schön, viel schöner, als ich es mir vorgestellt hätte.

Als wir vor dem Friedhof ankommen, halte ich an.

»Worüber wolltest du eigentlich nicht sprechen?«, frage ich.

»Ach das.« Frans seufzt. »Papa. Er hat ein Angebot für eine neue Stelle bekommen. In Südkorea.«

»Oh nein«, sage ich und spüre, wie sich mein Magen zusammenzieht. »Musst du umziehen?«

»Nein«, sagt Frans. »Mama weigert sich. Aber es gibt ziemlichen Ärger deswegen.«

Ich drücke seine Hand extrafest. »Und ich dachte, du willst nicht über den Kuss sprechen«, sage ich lachend.

Frans starrt mich mit großen Augen an.

»Bist du deshalb abgehauen?«, fragt er.

»Ja«, sage ich und trete gegen ein paar Kiesel. »Ich dachte, dass du mich nicht mehr magst oder dass ich alles missverstanden hab.«

Da muss auch Frans lachen.

»Und ICH hab gedacht, dass DU mich nicht magst«, sagt er. »Und dass ICH alles missverstanden habe. Deshalb bin ich dir hinterhergelaufen.«

Über unseren Köpfen rascheln die Eichen leise mit ihren Blättern. Es klingt fast, als würden auch sie lachen.

»Komm«, sage ich und ziehe Frans mit mir. »Ich will dir was zeigen.«

Er folgt mir auf den Friedhof.

Wir gehen zum Grab von Oma, Opa und meinen anderen Vorfahren.

»Wenn ich traurig bin, komme ich hierher und erzähle Oma alles. Und irgendwie hilft sie mir dann immer. So fühlt es sich jedenfalls an.«

»Meinst du, sie kann dafür sorgen, dass Papa nicht nach Südkorea muss?«, fragt Frans.

Ich beuge mich über den Grabstein, halte mein Ohr daran und lausche.

»Ja«, sage ich. »Oma sagt, dass es vielleicht ein bisschen dauern kann, aber sie hat einen schriftlichen Antrag bei Gott eingereicht.«

Frans lächelt.

Es ist kein graues schmales Lächeln mehr wie heute Morgen. Das hier ist ein richtiges Frans-Lächeln. Ein freches Ottergrinsen.

Als wir den Skatepark erreichen, sind die meisten Leute schon gegangen. Ulrik, Melissa und die Clique aus der Parallelklasse stehen in einer Ecke. Aber das macht nichts, denn ich halte Frans' Hand in meiner und ich werde nie wieder wegrennen.

Da entdecke ich die alten Freundinnen. Sie umringen Asbjørn. Bunny trägt ihr lachsrosa Lackkleid und hat eine dazu passende Sonnenbrille auf der Nase. Frau Blix steckt in einem engen schwarzen Hosenanzug. Und Witwe Larsen trägt ein groß geblümtes Kleid und hält ihren Basset an der Leine. Der Hund sieht aus wie ein Schwimmtier, bei dem jemand die Luft abgelassen hat und das seine großen Ohren jetzt als Flipflops benutzen kann.

»Liv!«, rufen sie im Chor.

Asbjørn wirkt fast erleichtert.

»Hallo«, sage ich und gehe auf sie zu.

»Kennst du die?«, flüstert Frans.

»Jepp«, sage ich. »Sie waren Omas alte Freundinnen. Und jetzt sind sie sozusagen meine alten Freundinnen geworden.«

»Pretty funny«, sagt Frans und lacht.

Bunny läuft uns entgegen und umarmt mich.

»Where have you been?«, fragt sie. »Wir waren etwas worried.«

»Bunny, das ist Frans«, sage ich. »Er ist jetzt mein Freund. Mein boyfriend.«

Frans lächelt.

»Oh my …«, ruft Bunny. »Er ist gorgeous!«

»Unsinn! Niemand hat sich Sorgen gemacht«, fällt ihr Frau Blix ins Wort.

Sie marschiert auf uns zu und ergreift Frans' Hand wie ein General, der den Neuankömmling der Truppe inspiziert.

»Natürlich müssen die jungen Leute mal rauskommen und Spaß haben. Sie haben keine Lust, die ganze Zeit bloß mit uns alten Damen zusammenzusitzen.«

»WER IST ALT?«, brüllt Witwe Larsen. »ALSO ICH FÜHLE MICH KEINEN TAG ÄLTER ALS SIEBZEHN.«

Während sie mir mit einem Auge schelmisch zuzwinkert, drückt sie Asbjørn einen ordentlichen Schmatzer auf die Wange. Der Basset kläfft erschrocken. Asbjørns große Brillengläser beschlagen.

»Aber jetzt wollen wir Liv Rollbrettfahren sehen«, sagt Frau Blix entschieden.

»Na gut«, seufze ich. »Wenn Sie drauf bestehen.«

Ich gehe zum Schuppen. Und plötzlich spüre ich etwas Seltsames. Etwas, das ich das letzte Mal gefühlt habe, als Ida noch in der Stadt wohnte und Oma noch lebte. Ich fühle mich leicht. Glücklich.

Es stört mich nicht einmal, dass sich Ulrik keine hundert Meter von mir entfernt befindet.

Ich hole das Skateboard und die Knieschoner vom obersten Regalbrett. Dann gehe ich zurück auf den Platz. Dort wartet Mama mit meinem Helm und den Handgelenkschonern. Asbjørn kommt mit dem Rückenprotektor angelaufen.

»Nur für alle Fälle«, sagt er und tätschelt meine Schulter.

Es kribbelt im Bauch, aber das Kribbeln fühlt sich ganz okay an.

Ich setze das Brett auf den Boden und rücke zum zigsten Mal den Helm zurecht. Dann gehe ich ein paar Meter weg, um Anlauf zu nehmen. Ich renne. Auf das Skateboard zu. Auf Frans zu. Auf die alten Freundinnen zu.

Und mit einem beherzten Sprung stehe ich auf dem Board.

Das Skateboard schwankt ein wenig unter meinen Füßen.

Aber ich skate! ICH SKATE!

Die alten Damen klatschen und pfeifen. Sogar Mama und Hallgrim jubeln laut. Ich fühle mich so gut wie schon lange nicht mehr. Dann sehe ich zu Frans und unsere Blicke treffen sich. Frans, mit dem ich jetzt zusammen bin. Und da weiß ich, dass es wirklich nicht möglich ist, glücklicher zu sein, als ich es in diesem Moment bin.

Als ich vom Skateboard steige, händigt Asbjørn mir eine Urkunde aus. Da nimmt Frans mich zur Seite. Er führt mich in eine ruhige Ecke.

»Ich wusste nicht genau, wann du Geburtstag hast, deshalb …«

Er hält mir ein flaches Päckchen hin.

»Ist das für mich?«, flüstere ich und schaue ihn fragend an.

Frans nickt.

Ich klemme die Urkunde zwischen meine knochigen Knie und nehme das Päckchen.

Als ich das Papier aufreiße, macht mein Herz einen Satz. Als ob es sich ganz allein beigebracht hätte, einen Drop-in ohne Bail zu machen. Denn in dem kleinen Päckchen liegt ein roter Bleistift mit einem herzförmigen Radiergummi an einem Ende. Ein Bleistift mit einem Herz.

Frans' Blick wird weich.

»Ich dachte, damit kannst du noch mehr so mega Pieces in dein Buch zeichnen. Und wenn du irgendwann keinen Bock mehr hast, auf Papier zu malen, gibt's hier mehr als genug Wände, die ein bisschen Farbe brauchen können!«

Ein Freund ist aus Liebe gemacht. Aber auch aus etwas Sprödem und Bröckeligem, das Kohlenstoff heißt. Früher dachte ich, nur Bleistifte und Diamanten wären aus Kohlenstoff. Bis Mama mir erzählt hat, dass auch Freunde aus Kohlenstoff bestehen.

Daran denke ich gern, wenn ich Frans' Hand halte. Dass die grauen Striche, die ich zeichne, und Frans' grüne Augen gewissermaßen zusammengehören.

Elin Hansson, geboren 1985, lebt in Kongsberg, Norwegen. Am Norwegischen Kinderbuchinstitut studierte sie kreatives Schreiben. 2019 veröffentlichte sie mit *Bleistiftherz* ihren ersten Kinderroman. Neben dem Schreiben spielt sie leidenschaftlich gern Geige und arbeitet auch als Journalistin und Fotografin.

LESEPROBE

Oskar Kroon

Warten auf Wind

Draußen vor dem Fenster sieht man die Spuren des Sturms.

Wir sind jetzt allein, Mama und ich. Gehen schweigend durch die kahlen Flure.

Wir sehen frischgebackene Eltern, die strahlen. Alte und Kranke mit leeren Augen. Jeden Moment könnten sie zusammenbrechen und sterben. Aus einem Aufzug wird ein Bett mit einem bärtigen Mann geschoben, der stumpf vor sich hin starrt. Ärzte eilen vorbei, Kinder weinen, Papas trösten.

Plötzlich taucht vor uns die Cafeteria auf, hier können wir kurz verschnaufen.

»Tief durchatmen«, sagt Mama und kneift die Augen zusammen, aber nervös ist sie trotzdem.

Sie bestellt Kaffee, ich nehme eine Limo, würde aber viel lieber Opas Rhabarbersaft trinken.

»Ich weiß, dass du zurückwillst«, sagt Mama und nickt in die hintere Ecke der Cafeteria, aber ich sehe dort nur die Tür zu den Toiletten.

»Zurück auf die Insel, meine ich.«

»Ja, schon,« sage ich.

»Aber Papa möchte dich so gerne sehen. Und ich hab dich so vermisst.«

Kurz sieht es aus, als würde sie gleich wieder weinen, worauf ich jetzt echt keinen Nerv habe, aber dann beugt sie sich vor und streicht mir über die Wange. Ich drehe mich weg, obwohl ich sie wahrscheinlich lassen sollte.

»Das alles war nicht leicht für dich«, sagt sie, »für keinen von uns.«

»Für Papa schon«, sage ich und starre weiter zur Toilettentür.

Rumsitzen und reden …

»Auch für Papa nicht, mein kleiner missmutiger Liebling.«

»Kannst du endlich aufhören, mich Liebling zu nennen? Lass es einfach.«

Dann sind wir eine Weile still. Nur ein paar einzelne Seufzer von Mama.

»Für Papa war es auch nicht leicht«, wiederholt sie dann, und ich fasse es nicht, dass sie ihn in Schutz nimmt.

»Mmh, schon klar …«

»Vinga –«

»Habt ihr überhaupt miteinander gesprochen, Papa und du?«

Mama lacht. »Natürlich haben wir miteinander gesprochen. Das ist doch wohl klar. Natürlich sprechen wir miteinander.«

»Aha, schön für euch.«

Verletzt senkt sie den Blick.

»Schön, dass ihr miteinander redet. Schön, dass alles so klar ist. Echt super«, sage ich.

»Ja.«

Dann schweigen wir wieder. Bis Mama mit einem Ruck aufsteht. Jetzt ist es so weit. Sie stößt einen tiefen Seufzer aus und drückt mich ganz fest an sich.

»Mein Liebling«, flüstert sie.

Sie kann es einfach nicht lassen, aber diesmal sage ich nichts.

Dann geht es zurück zu den Fluren und Aufzügen und Treppen, aber Mama scheint zu wissen, wo wir hinmüssen.

Klar, sie hat ja *mit Papa gesprochen*.

Ich fange an, ihr von den Pottwalen zu erzählen, denn man kann ja nicht die ganze Zeit schweigen. Inzwischen bin ich gut darin, von den Tieren zu erzählen, die tief im Ozean leben. Außerdem halte ich es nicht aus, über alles andere nachzudenken.

Wahrscheinlich hört Mama mir gar nicht zu, aber ich rede trotzdem weiter. Darüber, dass Wale ganz allein leben, in der Tiefe des Meeres, manchmal wochenlang durch die Ozeane schwimmen und dabei traurige Lieder singen, die kilometerweit zu hören sind. Dass sie sich trotzdem zusammen um die Jungtiere kümmern, sich gegenseitig helfen. Dass sie bis zu drei Kilometer tief tauchen können und selbst in pechschwarzer Dunkelheit den Weg finden. Dass es die Meere ohne sie gar nicht gäbe. Dass die Erde aufhören würde, sich zu drehen, wenn die Pottwale nicht ständig um sie herumschwämmen, Runde um Runde um Runde.

»Hast du gewusst, dass Pottwale von allen Tieren das größte Gehirn haben?«

Mama guckt starr geradeaus.

»Da!«, sagt sie plötzlich. »Da vorne ist es.«

»Ob sie auch das größte Herz haben, weiß ich allerdings nicht, vielleicht sind Elefanten …«

Wir gehen durch eine Glastür. Dahinter setzt Mama sich auf einen der grünen Stühle an der Wand.

»Ich warte hier«, sagt sie und zeigt auf die Tür, die ich jetzt wohl öffnen soll.

»Kommst du nicht mit?«, frage ich.

»Geh du vor, ich komme später nach.«

Als sie das sagt, verändert sich ihr Gesicht. Ein Zucken, wie wenn man gleich lachen muss, oder wenn Tränen nicht richtig rauswollen. »Sag, dass ich nachkomme, dann wissen sie Bescheid. Na los!«

Sie deutet auf die Tür, aber ich rühre mich nicht vom Fleck. Ich will das alles nicht. Verdammt, ich will einfach nur zurück auf die Insel. Zurück zu Rut, zu Opa, zum Boot, zum Sommer …

»Wusstest du, dass ein neugeborener Pottwal eine Tonne wiegt?«

»Mach schon, Vinga«, sagt Mama.

Dann drückt sie mich noch einmal ganz fest. Hinter ihr ist ein großes Fenster, das zum Krankenhauspark zeigt. Überall abgebrochene Äste und Müll, umgefallene Schilder und vom Dach gerissene Regenrinnen. Aber hier drinnen ist es still. Wie nach einer Naturkatastrophe. Nur ein leises Surren, dann schreit irgendwo ein Baby. Schritte auf dem Flur und eine brummende Kaffeemaschine.

Eigentlich muss ich nur zur Tür gehen und anklopfen. Das ist alles.

Das ist alles.

DIE INSEL – EIN PAAR WOCHEN ZUVOR

Abends sitze ich immer hier oben auf der Klippe. Ich schaue aufs Meer hinaus und warte, dass die Sonne darin versinkt. Ich hab meine Schiffermütze auf dem Kopf und das Herz am richtigen Fleck. Ich träume von Aberdeen, Lissabon und Valparaíso. Von fremden Häfen und entlegenen Orten.

Da unten im Meer gibt es so viel zu entdecken. Jetzt am Abend wirkt es fast ein bisschen ausgestorben, aber unter der Oberfläche ist jede Menge Leben und Bewegung. Randvoll mit Geheimnissen ist das Meer. Genauso wie der Himmel. Erst ziehen dort oben schwarze Schatten vorbei, und dann, in der Nacht, leuchten die Sterne. So groß, so weit weg.

»Einfach unglaublich«, sagt Opa. Dann seufzt er, und sein Blick wandert zurück zur Erde. »Die Ewigkeit und die Unendlichkeit.«

Die Ewigkeit und die Unendlichkeit.

Manchmal drehe ich mich um und schaue zu Opas Haus. Eigentlich sieht es eher aus wie eine kleine quadratische Scheune. Wenn es dunkel wird, leuchtet die weiß gekalkte Fassade. Aus dem Schornstein steigt Rauch auf. Rauf in die Unendlichkeit.

Wenn in den Fenstern Licht brennt, weiß ich, dass Opa gerade in der Küche werkelt. Er kocht Tee und deckt den Tisch. Und summt irgendein altes Seemannslied.

Ich bleibe auf der Klippe, bis die Sonne verschwunden ist. Spüre, wie die feuchte Luft und der Meeresduft heraufsteigen. Denke an Nachtsegelfahrten über den Ozean und die Wale, die friedlich in der schwarzen Tiefe schlummern. An Thunfische und Riesenkraken. An Algen, Seegras und all die zwielichtigen Hafenviertel, die draußen in der Welt auf mich warten.

Und ich denke an das Boot unten am Steinstrand. An die kleine Schnigge, die auf ihre Jungfernfahrt wartet.

Aber an Papa und Angelica denke ich nicht. Die sind weit weg mit ihrem Glück und ihrem tollen Balkon, auf dem sie Tomaten ziehen.

Die Hitze hält sich hier draußen, tagein, tagaus, von früh bis spät, man schwitzt wie verrückt, aber normal ist das alles nicht.

Der Sommer ist überall und so brennend heiß, dass alles austrocknet. Das Gras ist gelb, und bei jedem Schritt wirbelt Staub auf. Alle hoffen auf Regen. Im Radio wird von Waldbränden und Wassermangel auf dem Festland berichtet. Davon, dass alte Leute an Hitzschlag sterben und Einweggrills jetzt verboten sind.

Ich rücke meine Mütze zurecht und werfe einen letzten Blick zum Leuchtturm, um zu schauen, ob er auch leuchtet. Dann gehe ich zurück zum Haus.

Der Leuchtturm ist natürlich immer in Betrieb, aber Opa meint, man muss ihn trotzdem kontrollieren.

»Wir wollen ja nicht, dass hier in der Nacht ein Schiff auf die Klippe läuft«, sagt er. Hat er schon immer gesagt.

Insgeheim wünsche ich mir das aber manchmal. Weil Opa und ich dann rausrudern und die Schiffbrüchigen retten könnten. Wir würden die ganze Nacht auf dem Meer verbringen, am Morgen mit letzter Kraft die Anhöhe hochklettern und uns in Opas Haus vor dem Kamin aufwärmen. Wir könnten den Schiffbrüchigen Zwieback und Schnaps anbieten, und sie würden uns von all ihren Abenteuern erzählen, von den Frachtgütern und exotischen Tieren, Meeren und Hafenkneipen. *Die Gekenterten,* denke ich. *Die Schiffbrüchigen.* Auf der Seekarte würden sie uns zeigen, wo sie überall gewesen sind.

Aber der Leuchtturm ist an.

Auch der Albatros lässt sich nicht blicken.

Eigentlich lässt er sich nie blicken, nur Opa hat ihn einmal gesehen. Behauptet er jedenfalls.

Die letzten Meter zum Haus renne ich immer. Dann freue ich mich schon auf drinnen. Sollen die Dämmervögel ihre traurigen Lieder für jemand anderen singen. Oder fürs Meer.

Auf der Insel ist alles wie immer.

Das Leben geht hier weiter, trotz Naturkatastrophen und Problemen auf dem Festland. Selbst an den klarsten Tagen sieht man nicht weiter als bis zum Horizont. Der Rauch weht nicht bis hierher, und von Sirenen ist auch nichts zu hören. Wie immer schlurfen die alten Latzhosenmänner herum und tragen Zeug durch die Gegend. Oder sie hocken auf irgendeiner Bank und grinsen, wenn man an ihnen vorbeigeht.

Früher dachte ich immer, ihr Grinsen wäre freundlich, aber inzwischen bin ich mir da nicht mehr so sicher.

Wie immer brüten die Vögel in Opas Nistkästen, und wie immer ist der Flieder längst verblüht.

»Jetzt hast du ihn auch dieses Jahr verpasst«, sagt Opa, als wir unterm Fliederbaum im Schatten sitzen und Rhabarbersaft schlürfen.

Ein paar Wochen vor dem letzten Schultag rief Opa bei uns an und sagte: »Jetzt blüht er!« Danach wollte ich nur noch weg aus der Stadt. Mama meinte, ich sei die ganze Zeit mies gelaunt und muffig, dabei war sie viel schlimmer.

Ja, der Flieder ist verblüht, aber die Vögel singen weiter.

Wie immer holt Opa abends nach dem Tee und dem Zwieback das Schiffsschach raus. Er zündet seine Pfeife an, und manchmal schenkt er auch ein Schnäpschen ein, aber nur für sich natürlich.

Wenn ich nach Hause fahre und an der neuen Schule anfange, bin ich bestimmt die beste Schachspielerin der ganzen Stadt, sagt er.

Ich erzähle ihm nicht, dass ich außer ihm niemanden kenne, der Schach spielt, dass ich außer ihm vielleicht überhaupt niemanden kenne. Und den Gedanken an *die neue Schule* versuche ich sofort zu verscheuchen.

»Schachmatt«, sagt Opa. Noch nie habe ich gegen ihn gewonnen.

Danach hören wir wie immer den Seewetterbericht im Radio.

Es wird gewarnt vor der extremen Brandgefahr in Wäldern und auf den Feldern. Vielerorts wüten die Brände schon, Menschen müssen evakuiert werden und können nur das Allernötigste retten. Nebel über Bottenvik und Norra Kvarken, sonst beständiger Hochdruck, leichter Westwind. Gute Sicht an der Südküste der Insel Utsira.

Ein Sommer der Rekordtemperaturen.

Wenn Opa das Radio ausmacht, ist Schlafenszeit. So war es schon immer. Er zieht ein allerletztes Mal an seiner Pfeife und sagt: »Tja, wieder ein Tag rum.«

Wenn es hier Internet gäbe. Wenn ich mein Handy hätte. Dann würde ich mir jetzt bestimmt noch irgendwas angucken oder Musik hören. Aber hier draußen gibt es nur das Meer, und ich male mir aus, wo ich überall hinsegeln könnte. Im Bett schaue ich mir noch eine Weile Opas Seekarten an, träume von Inseln und Schären und Meeresgräben und Sandbänken, während Opa in der Küche rödelt. Dann kommen die Seemannslieder. Opa pfeift nur, aber ich kenne den Text. Das Lied handelt von der Brigg Bluebird, die dazu verdammt ist, ein Wrack zu werden.

Irgendwann höre ich die Tür, weil Opa Holz holen geht. Das brauchen wir morgen früh, um Kaffee und Haferbrei zu kochen.

Aber wie er zurückkommt, höre ich nie. Dann schlafe ich schon.

Ja, auf der Insel ist alles wie immer.

Fast jedenfalls.

Denn in mir drin ist etwas anders.

Und dann ist da noch die Sache mit dem Boot. Mit der Schnigge.